秋风辞

何炳阳◎著

百花文艺出版社
天津出版传媒集团

图书在版编目(CIP)数据

秋风辞 / 何炳阳著.—天津：百花文艺出版社，2022.7
ISBN 978-7-5306-6771-2

Ⅰ.①秋… Ⅱ.①何… Ⅲ.①诗集—中国—当代
Ⅳ.①I227

中国版本图书馆 CIP 数据核字(2015)第 155218 号

选题策划：杨进刚　　责任编辑：于静筠
书名题字：李国辉　　封面设计：孙雅丽

出版人：李勃洋
出版发行：百花文艺出版社
地址：天津市和平区西康路 35 号　　邮编：300051
电话传真：+86-22-23332651(发行部)
+86-22-23332656(总编室)
+86-22-23332478(邮购部)
主页：htt://www.baihuawenyi.com
印刷：北京振兴源印务有限公司
开本：710 × 1000 毫米　1/16
字数：100 千字
印张：17.25
版次：2015 年 7 月第 1 版
印次：2022 年 7 月第 2 次印刷
定价：52.00 元

目　　录

感谢（代序）　1

第一辑：秋风辞

内心的天堂　2
同一个故乡　3
五里界的秋天　4
雪山是蓝天的衣摆　5
麦浪滔天，肚子的天堂　7
春天回到了村庄　10
好路送给别人去走　12
女人的节日　14
舞娘　16
秋风辞　19
蝴蝶不带相机　21
人在秋天　22
让山川留住牛马的蹄　23
一九九七：一种比喻　24
大风吹出自己的根　25
把心底的微风呵出来　26
大风说来就来　28

坐上大风的翅膀 29
风把自己吹向前方 30
就当一场风在刮你 31
手持大风的人 32
吹向轻处的风 33
发不出光来的伤痛 34

第二辑：水乡谣

一湖波光 36
白花花 37
还在飘香的日子 39
拢上了 40
静得只有水乡知道 41
打湖草 43
船娘 45
小艄公 47
湖嫂 49
喂养水乡的梁子湖 51
那夜的雨还在不停地下 53
一千座远山　捧出了半边月亮 54
一担枯柴二十八里山路 56
那场露天电影 58
一张张脸　是湖风落过脚的地方 60
望着湖水，我也学着拍一拍巴掌 62
那些围墙说倒就倒了 64
穷人碗里的胡椒 66
照亮《神曲》的一把二胡 67
没有啃完的半个荸荠 68
一塘蛙声 69
荒山菇子地菜儿皮 71
山村的夜 73

山人活在山上 75

第三辑：家在身上

我们在大地上仰望天堂 78
天使的眼泪 80
上帝在我身上 81
外公　我今夜好想你 82
外婆是你　外公也是你 83
九十九座山九十九条河 84
小艳　我多想有个家 85
那天　在一个地方等你 86
我的家就坐落在我的身上 87
劳动的光芒 88
内心的光芒 93
深处的飞翔 98
往事，或飞翔 102
水往上流 106

第四辑：如此多娇

如此多娇 110
这座叫龙泉山的山 112
对一块石头的断想 113
东山顶上 115
那年　我们去采访一个山乡 118
唱大戏 119
鼓南　鼓北 121
最初的鼓声 124
地球是太阳系中的　一面大鼓 126

最后的鼓槌 127
江南歌 128
在雨巷 129
江南桥 130
江南茶 131

第五辑：最后一块乡土

仰望舷窗 134
大雁飞过天空 135
一枚鸟蛋的飞翔 137
秋天在作茧自缚 138
红帆船·白帆船 139
风雨飘摇 141
大自然的昭示 143
走在路上 146
长征方式 148
我相信…… 149
诺言 150
最后一块乡土 151
风景如画 156
自在不自在 158

第六辑：时间周围

心中夹一把伞 160
躺在化石中的河马 161
一脚　踢开月光 162
鹿不回头 164
一座花园 165

面朝冬天 166
四面八方 168
被动 169
一个人走后 171
时间周围 172
走在这个世上 174
搬进搬出 175

第七辑：给梦找一个出口

那些大厦让人心越活越矮 178
一座时间之城 179
喊我回家的人 180
一纸之白 181
茶让生活返回了内心 182
我们走错了地方 183
生迷死惑 184
黄金的罪恶 187
长烟短酒 189
给一颗眼泪加刑 191
失败之神 198
苍天看见了什么 203
单弦 209
痛点：一次闪亮无边的打开 213
酒令 217
残缺的风景 221
在低处 223
谁是时光的对手 225
纪念 226
给梦找一个出口 227

第八辑：信仰之光

汶川：我们一起承担 234
信仰之光 236
大风之歌 240
东方之鼓 246
人之书：葱儿青豆腐白 254

我相信所有的白天来自天堂（代跋） 262

何炳阳部分作品创作年表 264

感　谢（代序）

感谢你的冷
叫醒了　我的热
感谢你扔掉所有
换不来酒的诗歌
替黄金和白银
找到了　自己的祖国

祖国哦祖国
一条声带　让我
劳命奔波
不知云儿的轻多重
不懂头上的灰多白

为了你的冷
为了我的热
苍天喊破的秋风
是我一生的收获

第一辑：秋风辞

原野的秋天

空旷　清亮

欠你的金子银子

不及　秋风一场

内心的天堂

村里的小妹辫子长长
三十几年过去　还在约我
用露水和花草去砌内心的天堂

绕过水塘　翻上山梁
那么多的油菜姐姐
穿着一身好看的衣裳

她说又高又蓝的天是不是屋顶
我说又轻又白的云才叫山墙
那天的理想是天上的太阳

太阳太阳　打造日子的工匠
让竹篮提回了蓝的屋顶白的山墙
那个长辫子小妹没有做过我的新娘

同一个故乡

鸟儿的翅膀　驮起
自己的远方
人类的故乡　在砌
男人的村口女人的院墙

一只飞　两只飞
巢在树上安身立命
一个人　一头牛
家在地上忙了又忙

湖风吹瘦月亮
山雾抖开太阳
小路上来去的春秋
左边是蜂蝶的轻盈
右边是花草的清香

太阳系上
取暖
生死
一个故乡

五里界的秋天

欠你的银子白
欠你的金子黄
欠你的今生来世——
云儿　高出苍天的悠
草木　顺成大地的梁
你的睫毛我的牧场
我的饥饿　谁的天堂

为你开出的花朵
还在荞麦一样翻书
替我望穿的秋水
舟子一般　水高水低　飞翔
我爱过的姐姐
遍地　伤出炊烟
我疼过的妹妹
怎么总是　别人的新娘

原野的秋天
空旷　清亮
欠你的金子银子
不及　秋风一场

雪山是蓝天的衣摆

太阳在自己身上
光芒四射地奔跑
没有哪一颗流星相信
它是宇宙中的一位过客
布达拉宫　坐在
昆仑山脉的肩上
没有哪一个信众
看出雪山　是蓝天的衣摆

去不了的那座雪山
哈达一样　为我们
吹灭世俗的心火
天空大美若无
为谁　空着一些什么
时间一长　它把自己
那种无声无息的空罂
像人的来世和今生一样
有血有肉地放了下来

放下黑暗　让万物
回到体内接住自己的疲惫
放下光明　让山村
河流和街市
以及被人翻过的经书

一一发出光来

把高高的空洞
朗朗地放下来
给众神　腾出
更为辽阔的去向
又低又暗的空寂
漫上高坡　替万物
背回春暖花开
天空在惊雷中
脱下闪电　大地
原是我们睡驼的腰背

太阳在自己眼中
搓着死灰中的火焰
我们在人与神之间
是否可以找到　自己的气息

麦浪滔天，肚子的天堂

三月了　雨水打脸
鲤鱼过江
我将带上　桃红
柳绿的心情
回到　一个名叫
庄屋何的村庄

不老的心总有花开
不老的眼睛总有泪藏
不老的一个愿望
让我跟二十八年前
那个少年的我一道
在檐下眺望远方
远方的城市一片光芒
远方的灯下　到底
有没有那位好看的姑娘

二月的梦中
出自故乡的禾场
是谁　说我和八叔
在清明之前
放下了泡种的水缸
背上打工的行囊
绕过村前的水田

翻过屋后的山梁
还说　八月的秋后
村里要盖新房

五月了　我才想到
在城市中央
该不该　用一首小诗
结束我们各自的流浪
白天过街
晚上走巷
听不见泥土和蚯蚓对话
沧桑翻上了鼻梁

此时　我的家乡
村口挂满了花衣
坡上一片金黄
每一棵掉在地头的麦穗
是诗歌和肚子的天堂
在夜市摊上
痛饮　流逝的岁月
八叔说一登上高层的屋顶
大地是一只土碗
装着　劳动和家乡
我说从餐馆扔出的馍头
打掉的是我和杜甫的心脏

麦浪滔天
大地金黄
乡村喂给泥巴一把种子

秋后长成城市的粮仓
城里的斧头啃下一截截木头
不到婚期便吐出一张张婚床
是站在异乡看家乡
还是站在檐下看远方
怎么看　麦浪滔天
大地金黄
远方的灯下
还是那位　好看的姑娘

春天回到了村庄

春天回到了村庄
劳燕是谁的新娘
种子在仓里
彻夜难眠
提着　一盏　又一盏
萤火蛙鸣的炊烟
在打扫鸡犬桑麻的故乡

那么多的小草
人民一样
一路走来
不等太阳上下班
露水便回到了肩上
那么多的犁耙
父亲一般苦了一生还要下地
在丰收和愿望的前方
为泥土松动筋骨
替汗水打开翅膀

那么多村姑儿郎
背对村口
把他乡　爱了又爱
白天给车床喂汗
夜晚替婚期数出月亮

那么多的闪电
为生计　裁缝一样
对着风吹的天布
裁出上帝的衣裳
那么多的惊雷
为奔头　石匠一般
从天上搬回石头
敲打通村的路石
砌出幸福的院墙
还有一扇　没日
没夜的花窗
在晒　村前的禾场

春天回到了村庄
劳燕不做懒汉的嫁娘
歌声是我的来去
在看　渐红渐绿的故乡

好路送给别人去走

好路　是一只蜜蜂
蜇了我一口
丢下一畈油菜花
好路是一个名叫
荷花的知青姐姐
插歪了队里的秧苗
还塞给我两袋子泥巴

泥巴菜花
大地鼓着肚皮
苍天勾着下巴
教我　月亮走
我也走的　是她
教给我　我替月亮
提花篓的人是她
她说　好歌
是一条做人的路
这生唱不好
来世就要做哑巴

好路　可以让人
摸到苍天的胡须
不好不坏的一条岔路
是一个叫苹果的女孩

死了十几年　不肯去投胎
总来我的梦中
用花朵做的泥巴
说是要　封死我
幸福的嘴巴

我知道　好歌儿
要唱给没有家的山风听
好路　要让给
那些抬嫁妆的人走
好锣鼓是大山大水
鞭炮声中　藏不住的心跳
要让庙里的小和尚
跑出来看　看出嫁的妹子
怎样掀开盖头回头喊娘家

娘家娘家
泥巴呀菜花
苹果是荷花姐姐的私生女
从生到死十八年
没有对人　说过一句话

女人的节日

向北的东南风
一路向西
一路向北
河水要搬走坚冰
水田要还给腊鸭

好女人要回娘家
陪母亲　过一过
女人的三八
好三八二十四个春天
远远看见爱情的飞檐
如何抵达身心
让三八远走让日子近嫁

甜的三八是被人
从舌尖上咬走的滋味
苦的三八是月亮上
长满了香桂的枝桠
那对东奔西走的玉兔
回不了故乡的草地
登不上隔水相望的山崖

过了山崖
就是大汗淋漓的三八

过了三八　三月就要
嫁给六月和异乡
大地就要祖国一样怀春
女儿家的心尖尖
就要　粮仓一样发芽

三八那天嫁与不嫁
一生之中的女子
最是好看
她们从厚厚的棉袄中
一甩辫子　拔出自己
那条又瘦又挺的长辫子
把一些小青年的双眼
抽成一面面小镜子
不装村前的飞
不装村后的霞

三八啊三八
月儿是谁家媳妇
瘦得不能再瘦的梳子
阳光中　东南风
悄悄抖开的斜燕
那是谁的　发夹

舞　娘

点水的蜻蜓　戏浪的鸳鸯
那么多的兄弟姐妹
从节拍深处　点出
蝶儿一样的:轻
蜂儿一样的:忙
时光如水　秧歌悠长
那么多的伦巴探戈
让人去想到一种
比天堂还高的远方

舞娘　舞娘
白的小手
绿的胸囊
热在掌心　飘在炎凉
那么多的时光之城
为谁　结伴成伤
千山轻成仙子的小步
万水瘦出心灵的干粮

抹下汗水　送走舞娘
回到心室　守住家乡
舞娘　舞娘
是谁爱过的妹子　还在
别人的檐下

把滴水　一一
数成岁月的风霜
又是谁　搂过的痛伤
不做宁波床前的那个姑娘
姑娘　姑娘
一脸的雀儿斑点如飞
飞来飞去　只为
着陆一世翘望的四方

舞娘　斜着看风
舞娘　竖着读雨
迪斯科的惊雷一炸
满池是扭抖的胸膛
那么多的阿炳但丁
从自己的筋骨之中
卸下砖瓦　去筑
爱情的天堂
那么多的女娲和圣母
从一条歌舞升平的路上
放下通天的梯子
抛下护心的城墙
我看见　爱情一地
我听见　猪马牛羊

满脚生风　一身火光
从一场人造的夜景中走出来
太阳对着谁的伤口磕头
月亮对着谁的往事上香

舞娘　舞娘
满池的蝶蜂还在梳洗翅膀
拍打中　吹落谁的过往

秋风辞

秋风　没有喝上
一盏半盏的
怎么　在一个路人眼里
醉成这样一地的
辽阔　起伏与金黄
秋风翻山越岭
大地一派粮仓

山墙上的雀儿叽喳
屋后山坡的野兔张望
在酒坊和美酒之间
那么多　支撑
山河的炊烟
背着　北风的门槛
大雁的远方

秋风生了那多儿女
叶儿给它送回
铺天盖地足以
抵御严冬
接回春天的衣裳

金叶灿烂
山的苍茫

摸黑　亮起来的一盏灯
点燃一扇又一扇窗户
再一个村口加上一个村口地
缩回一点点
如豆的村庄

秋风在醉
大地在黄
有一股腊肉香味
谁的肠胃深处
感念得　又香又长

蝴蝶不带相机

谁是谁的爱人
没有谁替秋天回答

蝶儿不带相机
却想捉住花儿的心跳

田畈一黄村庄就有梦想
花枝一断魂儿就找到了去向

太阳在找自己的影子
怎么也找不到水底的那个月亮

百日菊开在云端上
香来香去是花儿的歌唱

一朵花是大地掏出的心窝
另一只蝴蝶变成了它的疼痛

人在秋天

人在秋天了
经不起胡须吹拂
住在月亮上的妹子
从怀里掏出一把水壶

天上的风　背着乌云
到处洒雨
地上的我
卸下三根反骨
在银河和牛背之间
听悲怆的雨果在笑
看幸福的你　在哭

天上的飞行器
人间的一间茅屋

让山川留住牛马的蹄

让山川　留住
牛马的蹄
那路通向我的童年
绕过我的妻
一路的好奇　一路的碑
留不住　山风
遍野地吹
让天空　收留
鱼和鸟的飞
用雨水吹打　东方晴后
鱼肚白的肥
天空下雪　谁下泪
我死后的灵魂守不住嘴
让神出嫁　让人归
让天搂住大地的肚脐
大地养房　房养床
床在让我　我背床
我让那瞌睡去背
体内的风湿　体外的灰
还有命短的影子一路追随

一九九七：一种比喻

一棵树　从一座山
走向另一座山
根不说话　花说　山要说话

一条船　从一双手
锚向另一双手
手不说话　桨说　码头要说话

一个巢　从一只鸟
飞向另一只鸟
翅膀不说话　羽毛说　苍天要说话

一座坟　从一个人
活到另一个人
碑文不说话　棺材说　死人要说话

大风吹出自己的根

大风吹遍了一双又一双草鞋
穿草鞋的那些人　被风
吹进了土里
于是大地上就有了
一棵棵大风的根

大风从土里钻了出来
夕阳便红遍了一座又一座河山
小草在大漠的肩上走过
一盏盏花蕾听见
大地深处的风声在响

炊烟上升成大风的腰杆
野火下降成风儿的脚印
大风临近了大风
沙漠赶上了绿洲
大地一抬头
看见小花扶在小草的肩上
诉说　大风的两行心跳

把心底的微风呵出来

大风　说来还没有来
大风说走还没走

大风在骨节中把人吹成号手
大风在血脉中把忧伤吹成了孤灯
站在大风深处的人
把冲向喉结的大风咽了下去
走在大风上的人
把沉入心底的微风呵了出来
脱下脚印的大风还在旋转
放下嗓子的大风还在歌唱

吹起来　吹起来
远离长风的大门
把心灵关成了一座古墓
吹起来　吹起来
近向浩气的窗户
让双眼亮出了一座花园
吹起来
吹起来　吹起来
大风在高高的胸腔内
吹亮了　人间的灯盏
大风在深深的夜色中
吹燃了　东方的波光

天堂在比高还高地吹
地狱在比低还低地响
中间是人间的肠子在吹
大风说来还真来了
大风　说走还真的走了
冲向喉结的大风把自己咽了下去
沉入心底的微风把自己呵了出来
大风呀大风
佛在人的心中打坐:大地之上
除了灰尘在动
遍地是大风在响

大风说来就来

大风说来就来
大风说走就走

大风不像大地那么沟沟坎坎
大风不像生命那么磕磕绊绊
牵牵挂挂的是人不是风
浩浩荡荡的是风声而不是翅膀
大风不把热血吹成江河
大风不把眼泪吹成珍珠
吹过肩上的窗台
吹过眼中的忧伤
大风在阴湿的房里打一个激灵
地就干了　心就朗了
大风是山的起伏水的跳荡
大风不是风大风还是风

被风吹倒的路睡在地上
被风扶起的路通向天堂
被风吹熄的路让黑夜
举着一盏燃烧的花朵

坐上大风的翅膀

坐上大风的翅膀
还有一些飞不到的地方
上帝找不到耳朵发话
就让大地听见几声大风的喘息

大风吹走了一些
大树　断出的刚烈
抛下一些小草
在默默收捡大地的荒芜
吹吧　大风
吹进箫眼　忧伤就找到了出路
吹上砚台　山水便回到了故乡
吹吧　吹吧　吹不动了
大地还是你的翅膀

坐上大风的翅膀
人类比微风的重量还轻

风把自己吹向前方

风把自己的起伏
吹向风的前方
把青丝吹成白发地吹
一沟皱纹一沟皱纹地吹
一不经意人便跌给了:风

向往中的蜜甜在风的高处
苟且的果结在了风的里头
大风从弓立的肩上吹回了村庄
从断层的河谷吹响了大水的流向
离开了风和风的吹拂
大地无法打开或收拢自己的飞翔
在大风中抖一抖嗓子唷
有几樽脖子上的头颅
经得住风的:推敲
大风在大风的身上走过
吹走了多少比羽毛还轻的仰望

就当一场风在刮你

离别了那个揪心的地方
就当一场风在刮你
刮你的笑刮你的愁
眉儿月牙脸蛋阳光
一万朵花的集结
不及你泪中含苞的一笑

就当一段风和另一段的流动
在刮你我试着
迈出趔趄多年的心境
向生活以东的地方走
日出红呀红过那
对联上的一声声跋涉
波起波又落
心境暗淡时就当一场风
在忘我地刮你的相思和绣台

我走之后　不要让泪水
老是刮湿你的梦枕
风回头处　请用你的门环
来听我的归期

手持大风的人

手持大风的人
满手的罗纹在吹
遍身的骨节在响
一滴吹动的热血
一声响起的绝唱
人在风中走过
大风不是想来就来的
手持大风的人
不想让大地把自己吹倒
更不想让苍天夺去他的翅膀
大风从哪里吹来
又向哪里吹去
那是大风和大风的事儿
大风让罗纹读懂了往事
大风让骨节听见了远方
满手满手的吹
遍身遍身的响
手持大风的人
最终没有让大风抓住
留下一张流动的背影
大风似的抓住了那些
把他当做大风的人

吹向轻处的风

有人掉进了自己
自以为是的一种飘中
让风静静地
吹动自己的一种轻

从低处吹向高处
吹不动的时候
在一往深情的胸腔内
把自己吹向风的高处
就连那些远离水土的花草
在他嘴上
也会红遍千山万水

让胎盘去吹自己的心跳
用棺材去吹自己的血肉
一颗新牙去挤另一颗新牙地吹
一道皱纹去弹另一道皱纹地响

吹　吹　吹得比吹还轻了
吹自己或让激情吹自己的那人
立在比吹还吹的风口
看自己吹动的样子
横竖就像一具苍老的风

发不出光来的伤痛

一把黄沙　漏失
在谁的手上
追逐　一场涛声
渐失的远水

一粒沙子
回到　濡养
自己的那身湿润中
潮汐　跌跌撞撞
谁的双眼
搓揉中　不经意间
滴断山和水的天涯

留不住风
抱不起雨
把自己搁成沙丘的沙子
随着一垮千里的声息
没有一粒不想
把自己变成发光的那粒

金子从来都在
沉默如沙
而沙尘雾霾成了风暴
有多少看不见自己身影的沙子
在怨恨阳光和流水的声息中
拼命　掏空自己
发不出光来的伤痛

第二辑：

水乡谣

那么多的码头
就剩一指清悠
那么多的彼岸
童年一样追赶夕阳

一湖波光

一湖波光
把你和小船盛装
一山一水　是你
千里难寻的天堂

那么多的码头
就剩一指清悠
那么多的彼岸
童年一样追赶夕阳

爱我江南　就用
两片桨儿和水鸟对话
想当神仙　就让
一朵又一朵网花
开出诱人的饭香

饭香　饭香
船家的心境　除了
上下起伏
就是一湖波光

白花花

想起那个夜晚　月儿
瘦成梁子湖边的渡船
个子不高　外号叫
一尺八的老光棍
喝多了人民公社的苕酒
在港堤上歪歪颠颠地哼着
从《龙江颂》的余味中
荡漾过来的段子

(大河涨水小河满
我在河边看西瓜
西瓜还没红瓤子
阿妹的心事分外红哩)

他把心事唱成了 B 调儿
口袋里的麻花钱
二分五分白花花地掉
沿路发财　穿着
吊八寸儿挣工分的牛娃子
用他的钱吃了他的大半篮
脆响中　跟港沟一样
游垅过畈的麻花

浪花啊麻花

饱饱的一夜　小伙伴儿
躲在一条船上
没有一个舍得回家

想起那个夜晚
我好幸福
春暖花开的水乡呀
他的养女替他数钱
还白花花地望着我笑

还在飘香的日子

没有说过　我会
回到老家
和八斤叔一起抽烟
看牌　谈女人的奶子和喜糖

怎样让山乡的风情
迷路不归
山不开放　水在偷情
年事不轻的八斤大叔
老不正经地刮出自己的艳史

跟窗外的松涛一样动听
其实　他很可怜
一生就跟一个没人要的傻女人
过了一段　糊饭糊菜
还在飘香的日子

没儿没女的八斤叔
少壮时倒也孤儿得惹人喜爱
谁家的女人　去港边
脱光了衣服
萤灯煽情的夜晚
他在对着出浴的月儿发呆

拢上了

大块大块的水田
看不见田塍的水田
热风　暖泥　嫩秧子
一字排开的男女
说笑中　抢插谷秧子

打秧头的叔子
把秧扎子一个个
抛在插秧人的屁股后面
多好的泥水花子
对着最好看的那个婶子开着

左右两边的秧人
给我留下一个大口子
扎在大人堆里
把秧插得歪成了一大片
我怎么也赶不上叔婶们

拢上了　拢上了
秧儿秧儿
快快嫁出我的双手

静得只有水乡知道

这么多年我总放不下
水乡在我身上的起伏
看山的棚子哼着
摆渡的船儿咳着
褪色的风儿
在清亮见底的梦里
吹来　犁耙水响的蛙鸣
月夜里燃烧或熄灭的油菜花香

帆在招手　一个
回家的人
在大雁和流云的身后
把孤独当做山涧
一一饮干
在渔火之外　不愿
说出家乡往事里的痛

那一夜　静得只有
水乡知道
父亲上岸卖鱼去了
我在蚊帐里翻遍
一场人间苦夏
怎么也赶不走几只蚊子
为活命在我身上

打开的渡口

那夜只有月儿陪我
鱼儿在船板下面
啃食浪花和蚊子
而我木鱼一样
游不出泪光中
没有尽头的水乡

打湖草

打湖草　打湖草
村里的三老四少山高水远地
带着草刀鱼钩花篮
撑船去一个叫八斗丘的渔业队
为生产队的丰收打水草
八斗丘就叫现在的陈家咀
两个村子的男女
在吃鱼捞草的日子里
依水结拜了十几对
日后互走了好多年的亲家
亲家　亲家　一坛烧酒
一盆酸菜鱼虾
山村七月半之后的红苕片
变成了水乡送来的干鱼虾

第二年春上　八斗丘
从我们村里
挑走了十几担好谷种
担子嘀唷得最欢的队长
是我的干爹大光头
他们家没有生一个女儿
来做我的小干妹
那个被我　叫了
十好几年干弟的独生子

被宠得有时做一做小偷
还偷看一个叫小翠的姑娘洗澡

洗澡　洗澡　那女子
后来洗成了我媳妇
干弟从沙洋农场
释放回来之后
望我时　总没有
梁子湖的水草那么水灵

船　娘

船娘一生在水上
那只卸去篷顶的乌篷船
从她轻如晨雾的摇荡中
变成水乡连接水乡的翘望

一幢出没风波的茅屋
码头一样弯在
浪花以西的堤岸
男人去得很早
早过那些亮着手电
离船而去的异乡

无亲无故的母女俩
唯一的亲友还是艄公生前
指灯结拜的干儿子
干儿是湖东的一个哑巴
哑巴是我的七叔

七叔二十挂边
在干妹丰满起来的笑声中
常把舱里的渍水
向舱外戽得格外心慌
一不小心从他身后
冒出一个小车司机

湖风般吹走了
酒窝涟涟的干妹妹

隔水挥手的那情景
船娘和我七叔
不经意间　变成后来
一桥飞架西东的两座桥墩

小艄公

荡来荡去　小艄公
去围湖造田的工地
还是没有荡出
那场　说不清的浑水

那天　小艄公
去工地指挥部的棚子里
偷吃了几个小饭团
趁红旗飘飘的厨房没在意
顺手拎走了大运动
安顿小食堂的半壶香油
革命的小麻油
还没给小鱼小虾下锅
人民公社的大卡车
便将他押往了沙洋农场
为此　肚子挺得
比板舢还瘦的女人
在水乡无言的清悠中
咳出一个　被岸上的一幢红房子
骂成糊涂透顶的死胎

在农场服刑的小艄公
看到那些斜飞或孵蛋的野鸭
把家想得跟老婆的肚子一样坚挺

伺机逃跑　屡跑屡刑
为半壶香油
蹲了三十来年的大狱
望断湖乡的女人
为了让小艄公死了
那条越狱之心
便衣不附体地扎进水里
祭了梁子湖的水神
无水下脚的小艄公
卸罪出狱的那一天
对着妻子跳水的方位
狠狠磕了几个响头
然后一头撞向一条
锈死在渡口边上的老船

往后　有人等船时
就不时提起小艄公
不就是半壶油吗
怎么就没让小艄公
清悠悠地多看一眼肚子挺得
比轻舟还瘦的女人呀

湖　嫂

湖嫂牛高马大
见人　一脸朝霞
那对从山区
嫁到湖乡的酒窝
在岸上醉过那些买鱼的汉子
在水中　醉得男人
硬要从失去双臂的身上
长出一双手来　搂她

湖嫂一脉不生
那对只有男人衔过的奶子
躲在衬衣里面
日出江山地　鼓出
两颗小红豆
那个被她收养的侄弟
一听到过路的男人
笑那太阳底下不炸壳的豆豆
就把小眼鼓得
蚌肉一样　嫩着

湖嫂的侄弟是我同学
那小子读起书来
跟湖嫂捕鱼一样水灵
代课老师在黑板上抄写的课文

跟秤砣一样疙瘩得孔武有力
而在他的脑子里
就跟嫂子舱里养给他吃的
活鱼一样活蹦乱跳

蹦呀蹦的　那小子
像上水的鲤鱼一样
刺溜到重庆一所大学读书去了
而湖嫂还是水乡一方地
船头下网船尾摇桨
那对婉谢过救济款的鱼篓
有时逗得满脸水沟的男人
跟换回的咸菜一样　返青

后来　湖嫂的男人
在她不在时一脚踏空
让湖水把他掀到山上
做了　一座坟墓
湖嫂便典当了水上的家业
回村做起了庄稼
逢年过节上坟的那身白衣
在村里人眼里
是梁子湖用一滴神的泪水
开在山上的莲花

喂养水乡的梁子湖

舔脚的水　搂腰的水
正午的毒日头
把我和我的语文老师
撑向了　清悠中
不用醍醐便可灌顶的梁子湖

那是一个星期天
老师家养的一头母猪
对着猪圈对面墙上
那幅宣传计划生育的标语
喊口号般产下了
十几头红通通的猪崽

拱翻一盆糠头草粉的母猪
对进屋的生人
虎视眈眈地瘦出一脸狠样
远远看去　排扣一样
一字摔出的两排奶子
瘪瘪地牵着娃儿满屋嘶叫

水呀水的　清清一方
喂养水乡的梁子湖
有的是给母猪催奶的蚌螺
老师撑船　我用

歌声悠悠的双脚
向舱内捞着一缕缕水灵
翠绿的扁担草

逮蚌　扎猛子的那一刻
怎么看去
我的老师壮实得都像一条
扇动水草的白鲶鱼

那夜的雨还在不停地下

那夜的雨　晴去了
三十几年
还在不停地下
从你身边赶路的苕秧子
变成秋后　一屋的苕宝宝

围在越冬的火塘边
红嘟嘟的苕　甜脆脆的苕
烤进一家老小的肠胃里
对着有粮吃不饱的岁月
拱出一坨一坨的饱嗝
父亲　你在天国
还需不需要
去苕种地里
和(尼龙雨布)衣裹草而睡

一阵紧似一阵的苦雨
把瓦顶当肚皮
饥饿地死敲
让我无法回到梦里
去温习那些
你教给我听的童话
父亲　儿不是没瞌睡呀
就怕满屋鼓捣的冷风
把门闩吹打地闩上了
不能　让你回家

一千座远山
捧出了半边月亮

我那遥远的家乡
站在梁子湖清悠悠的边上
可以看见一千座远山
捧出了半边月亮

月儿轻轻
把路人的双脚
当成追赶丰收的磨刀石
将月半两头的光芒
磨得镰刀一样闪亮
为了让儿戴上一顶
大地恩赐给边关的军帽
父亲　整整一夜
从你脚上惊走的露水
日后变成了故乡脸上的霞光

庄屋何家中　那盏
不睡不醒的油灯
没有足够的力气
送儿　去学堂
采摘种田人的那颗星星
你挑灯花般拨亮我娘

有点近视的心灯——
孩子的身板太嫩
挑不起檩子上的风霜
让他去部队蓄几年骨头和理想
黄河两岸的远山

何止一千零一座地
为娘捧着儿和月亮的眼神
为了让看不见的另一半月儿
不被银幕的弹雨炸落
我娘总是捂紧双耳
从影场跑回了狗叫的村庄
父亲　只有村头那口
叫水乡起床的铁钟知道
我归来时藏在军装里的那身铁骨
是娘用一滴一滴的泪血
喂大　堆起来的

远在天堂的父亲
今夜无月
雨里江南的我
冥冥中看见
你和山神手上的一千座远山
为我和我娘
拎灯般仍然捧着我
梦别南方的半边月亮

一担枯柴二十八里山路

一担枯柴　走了
二十八里山路
把星光起伏中的外公
压成喊门的那一声咳嗽
山不长树湖不长帆的日子
是外公挤空砍下的一担担柴火
接济下了　一家人
身处湖乡的锅底

村后　绵绵落脚的牛山
瘦得背不起村前
梯次而下的一畈湖田
游垅过畈的一条小港
赶路中　接送我的童年

每次　回老家
我都身不由己地
摸上一摸田坑地头上
那些背着一起一伏的风儿
四处奔突的茅草
村里的三老四少
全都用上了煤球煤气
没人愿意起早摸黑
像祖上那样闪一担柴回家

过上锅巴粥儿飘香的日子

为父亲和外公上坟的那天
我一边烧荒一边问那些狗爬刺儿
忙天忙地的岁月里
那些疯长的草们
躲到哪一座山上野去了

那场露天电影

那场露天电影
把故乡小镇的夜景
放得人流暗涌万人空巷

洪湖水呀浪打浪
洪湖的菱角荷花
在枪炮的撕咬中
开到了梁子湖畔
两棵参天大树
扯起的一块银幕上

韩英跟娘唱别中
那场漫天大雪
倾刻化为一场大雨
把金牛和保安两头来的车辆
堵成了缩头的铁乌龟
傻傻地　望着
影片上惊天动地的洪湖
街道上沿街涌动的人头

洪湖水呀还在浪打浪
银幕在空中被吹得鼓来鼓去
而被歌声刮走的荷花
后来一不小心　吵醒了

梁子湖四周的荷塘

记忆中被人从我头上
抓走的那顶军帽
荷叶一样绿呀绿的
挤在大人堆里
我四处摸找　被人
踩掉的一只凉鞋

一张张脸
是湖风落过脚的地方

一张张　黝黑中
波纹起来的脸
是湖风从远处来
又到远处去时
落脚　生根的地方

他们是我老家的亲人
湖不见鱼虾哭时　他们一脸
山青水秀地去搂住远方
山不让石头笑时　求生的他们站在异乡
跟九十里长港一样
可以照见南来北往的路人
晴里水乡　雨里水乡
遇上那些与乡风撞腰的桨声
我的家乡脸上
就会飞出九尺的波光

围湖造田了　山村
村后的石头牛山
从鱼们的脊背上
背回了一百多亩的水田
让渔舟唱晚的水乡

瘦出一座　世世代代
守望的粮仓

那天吃饭　女儿摸了摸我
满脸被风刮出的芦苇
笑着问我
离梁子湖这么多年了
老爸脸上的山水
怎么还是湖风升起的地方

望着湖水，
我也学着拍一拍巴掌

身挎竹篓手持钢叉
那个扎甲鱼的瘦老头
山水画般走去了老远
我便趁牛馆叔不备
跑上湖堤
望着湖光轻灵的水面
学着拍上一拍巴掌

噗出水面的乌龟甲鱼
惊慌地向我站立的方位
扭着它们友好的身子
一字水漂地朝后翘望

后来，那个瘦黑的老头
将叉叉换成了鱼枪
拍掌之后趁鱼们不备
带锡砣的花钩
便呼地一声　套住那些
背着自己四处漂泊的鳌龟

村里人　很少有人去吃
被奶奶们说过

无鳞或带壳的鱼
是那大山和大水之间的活神灵
也就没人去理会那个
山水画般淡去的老头

之后　听人提到过
那个被湖乡人喊成鳖的老头
死前抽筋不止
时间一长　整个人形
抽成了一张龟壳似的缩着身子
而那张绿得无肉的尖脸
变成了甲鱼头一样盯人

再之后　回湖乡
我怎么也不敢对着梁子湖
拍一拍巴掌了
不知是怕打扰了
缺鱼少虾的湖水
还是怕惊醒了
那个　靠打甲鱼叉乌龟
度过了一生的亡灵

那些围墙说倒就倒了

牛皮山下　一字
摆开的村庄
村前那幅逶迤之中
半人多高的围墙
在风霜和手臂的吹拂下
说倒　就倒了

工分的围墙
关鸡挡猪的围墙
是村里的男男女女
从赶天赶地的港水中
摸鱼一般
探回来的石头

三只脚跛路的叔子
那年　为炸石头
去一座堆满了坟头的山上
一炮　轰走了那条
经常踢穿沙袋的大腿
剩下一只脚
生风中　再也
没有追上那个
山青水秀地　跟他
牵手了几年的姑娘

在他眼里　围墙
就像那件出嫁的花褂子
就那么左家撕一拾
右家扯一担
剩下不要石头的叔子
站在三只脚的湖风中
两眼　瞪得
哑炮一样吓人

可他怎么也闹不明白
围墙倒了人民公社拆了
那些鸡呀猪的
在绿波起伏的田畈上
鱼儿般　悠闲地噗头
可那些谷堆麦垛在禾场上
码得比他那个妹儿
出嫁时　扎起的发髻　还亮

穷人碗里的胡椒

现在　我要歌颂
我的外公
外公　外公　是外孙
六月天里
抓不住的一场北风

我吃过的玉米
在他塘边　长成
几棵歪脖子槐树
我喝过的米酒
在他坟前　醉成
一只缺了口的酒盅

为了女儿
外公在外婆的坟外
不再　多看一眼
村头的花轿

花轿　花轿　穷人
放进碗里的一颗胡椒
我娶不起的女人
沿着村街的发廊卖笑
我结拜不起的弟兄
是弓在水中　让人
过河的一座座大桥

照亮《神曲》的一把二胡

我是你的渡船
你是我的瓦屋
在梦中　你让但丁
从遥远的天堂
给我送来了一把瘪谷

为感谢上苍
给爱恨　施舍了
那么多流星组成的雨点
让我将仓里的种子
从泥土深处
背回了　爱情的瓦屋

瓦屋　瓦屋　四月天里
让我想起童年时期的母亲
仙女一般　在田里撒谷
一条条饥饿的蚂蝗
围着她和你的腿肚打转
坐在牛背上的我
用一片柳叶　吹干了
梁子湖的忧伤

父亲　是你枯向混土的
由
那身白骨
照亮《神曲》的一把二胡

没有啃完的半个荸荠

你是我的大弟
你走的那几天
比人还多的蚂蚁
一只挨一只　列队
来你睡过的床前
抢运你用短短一生
没有啃完的半个荸荠

二十八年过去
那些蚂蚁为你
长成了漫山遍野的石头
比蚂蚁还远的弟弟
奶奶在怨哥的梦里　不肯说出
你投胎谁家去做了人的方位

你走后不到一月
从娘肚子钻出来的
就是读书像你
一样聪明的妹妹

妹妹　妹妹　哥在
月亮地上的心事
一脚踏空　化为
飞向老家的一枚冥币

一塘蛙声

村后那漫坡的紫薇
能不能　让我
放纵一回

白天　我在异邦
丢掉的乡愁和脚印
夜里　常常回到
你的水床之上　谢罪

我唱过的歌儿
变成别人舌根上
流浪的滋味
我背过的书包
空成一场晚风
无情打下的花蕾

一塘蛙声　在这
四月迷魂的夜里
响成催命的鼓槌
一窗鸟语　借着
阳光弥漫的枝叶
缝合我长夜之下
左脚和右脚之间的分离
一颗油桐果子

落地时　漆亮了
梁子湖畔所有渡船
就像故乡流过的泪水
如今　还在向我的眼睛施肥

荒山菇子地菜儿皮

荒山菇子地菜儿皮
娘要吃　儿不回
炒饭的野蒜抓一把
产卵时上水的鲤鱼肥又肥

在船上　喊出
这首儿歌
那些过畈游垅的小溪小港
就要沿着娃子们的脚丫子
拎篮上山　去捡
雷公雷婆
在彩虹前面　叫春般
吼出的蘑菇和地皮菜

荒山菇子唷地菜儿皮
油桐花烟雨了江南的那天
满村的妇女和儿童
爬老屋岭的爬老屋岭
上牛皮山的上牛皮山
队长催工的哨子响了又响
就是不见一个穿花衣的女人
提着秧马　去秧田

有一个苕男将

吐去嘴角的烟屁股
望着比油桐花还朦胧的队长
笑眯眯地喊出一句
荒山儿菇菜地儿皮
队长想吃　群众不回

山村的夜

响呀响的　港水
在游垄过畈的夜幕下
醒来　自己的声音
一条小水
背着自己和六月
向水乡连着水乡的方向
小脚不眠地　赶路

山村的夜　因月儿
弯了又弯而轻灵
因蛙声虫吟而绵长
空空悠悠的夜呀
用看山棚子回荡中咳出的生机
让狗们猫们
耐不住各自的空寂
它们钻洞的钻洞
　翻瓦的翻瓦
偶尔有一只夜鸟
用飞翔把梦游的花香
扇得　汗毛一样晃晃

三三两两　听书
夜归的人
游魂一样　沿着

公鸡啼鸣的小路
轻声细语地　移动

山风吹走月儿的那阵子
村子西头那盏
看书的油灯　是否听见
村东头探手探脚中
有手指在敲寡妇的花窗
是不是那位好看的女人
又在笑骂
翻窗中　思春的那个男人

山人活在山上

山人走在山上
断崖无言　野草横生

山里与山外
一双脚板之隔
大山一生弓着腰背
只为山路有个来回
山人沿着一根扁担
山起　山落
只因背篓上的山歌
喊着山风的来去

山哥和山妹只顾赶路
不像背篓上的山娃
问着　山多高了
外婆的天堂才到
水多矮了
爷爷的大海才回

山人活在山上
好几代人了
那草　黄起来
像是一个神仙的胡子
那崖　断得更像
通天的一副门槛

第三辑：

家在身上

天堂是黑的

月亮在听众的耳朵里

闪闪发光的天使

用爱在安抚世界

我们在大地上仰望天堂

灯盏是一首颂歌
眼睛是一首颂歌
我们在大地上仰望天堂
为了天使　为了贫穷与善良

我们带上自己的声带
回到苦难和泥土中间

在音乐中　我们
到过自己的天堂
天堂是黑的
听众是黑的
天使在我们的歌中降临
为寻找天堂的那些泥土
为那些让天空飞动的灵魂
天使用头上的光环
和我们一起歌唱

我们在大地之上
用仰望接回我们
去过的天堂
天堂是黑的
太阳在上帝的耳中
天使背着上帝

回到了我们和祈祷中间

天堂是黑的
月亮在听众的耳朵里
闪闪发光的天使
用爱在安抚世界

天使的眼泪

大风是天使的眼泪
吹走了　我的父亲

在故乡和上帝的梦里
仁慈是一幅山水
父亲住在大山的根部
从此　母亲的泪水
比老家的井水还深

大风是天使的眼泪
吹走了　我的童年
我的童年在大风和花季的手上
天天给受难的母亲开花
年年在父亲的坟上发芽

大风是天使的眼泪
吹回我　不惑的年轮
在天使的光环中成长
儿女是我的童年
在上帝和天使的手上
祝福像大风吹过

大风是上帝的眼泪
故乡比天使的泪水还高

上帝在我身上

整整一夜　上帝
在我的身上找水喝

一只飞过来
两只飞来了
比鸟儿还多的闪动
是上帝和天使的飞

这种圣境的出现
我想　跟去年一年之中
被泥土吹走的两个亲人有关
和我把故乡的小路
想成了天堂的翅膀有关

从采光的窗口进来
又从透气的门缝中飞走
这些上帝的好儿好女
飞得像白白的蝴蝶
她们很夜很夜地可爱
一夜在我的身上流连

两座孤坟　终于
从我的眼中流了出来
整整一夜呀
我被上帝舔得无声无息

外公　我今夜好想你

下午六点　我在朋友家里
我妈在电话里说你走了
当时　我劝我妈莫哭
其实　我也想哭
外公我今夜好想你

正月二十我爸走了
你跟他跟得好紧
不等我回家给他上坟
你就那么偷偷地走了
一座坟和一座坟之间
除了两只灵魂在飞
中间是我苦难的母亲在哭
外公　我只能
在一滴泪中想你

我没想到你走得那快
从病到死仅仅七天
不跟我说声再见
就把外孙抛在了人间
外公　怪就怪在外孙
这几年把路走得不顺
不然那张小小的车票　不会
把我挡在了想你想得
无法见你的外头

外婆是你　外公也是你

小时候　外婆是你
外公也是你
你把我妈拉大后
不等腰直便牵着我
在你那间一分为二的土屋里
进进出出

外公　那时队里没有好菜好饭
来疼村里的百姓
我爸我妈也没有心思和时间来疼我
外孙吃你种的玉米长身高
吃你种的果子长脑袋
芝麻饼子一筒一筒往家买
汽水一箱一箱往家扛
外公　我吃好喝好了
回家讲给小伙伴们听
口水把他们的下巴拉得好长

外公　你放心地走吧
我会像你疼我那样去疼我妈
为了我妈　外孙还想
苟活一百年
不信　你听听我的热血
在泪中变成了流泉

九十九座山九十九条河

山在山的手上爬了九十九道山坡
河在河的肩上套了九十九根纤索
那天我拉着我的船儿路过你家的窗口
你家的窗口洗瘦了我手上的山梳长了我肩
　上的河

山在山的手上爬了九十九道山坡
河在河的肩上套了九十九根纤索
那天我拉着我的江河流过你家的院门
你家的院门咬青了我手上的山叫绿了我肩
　上的河

山在山的手上爬了九十九道山坡
河在河的肩上套了九十九根纤索
那天我拉着我的一船相思靠向你家的井台
你家的井台喊走了我手上的山骂走了我肩
　上的河

山在山的手上抠出了九十九道陡坡
河在河的肩上勒下了九十九根血索
那天我拉着一江心痛趟过你家的声声唢呐
唢呐声声唷嫁走了我手上的山吹干了我肩
　上的河

小艳　我多想有个家

小艳　我多想有个家
一个篱笆下不再让我流浪的家
我在没有家的体内走得太累太累
日子一长北斗都弓成了翻晒太阳的衣架

小艳　我多想有个家
一个体内体外都有出口的家
我在不是波谷的波谷跌得太重太重
久而久之满天的飞翔便是我修行的袈裟

小艳　我多想有个家
一个把远方背回自己体内的家
我们在家中蜗牛好一起一伏的日子
日子的你我给生活采回盛开的一朵朝霞

小艳　我多想有个家
一个用柴米油盐调出田园风光的家
我们在家中山水好你我后半生的冷冷热热
知寒知暖的你我让生命回到海角让灵魂抵达
　天涯

那天　在一个地方等你

那天在音乐的深处找你
一个虚无和存在之间走来的你
那天的我在路上到处奔波
奔波的我在心上望断了人间的风尘

那天在上帝的怀中找你
一个节拍中浮出水面的你
那天的你在油画中一丝不挂
一丝不挂的你哟弹响了泪儿的眼睛

那天　我在游弋的时空找你
找你的那天人间没有一朵花儿开放
开放的你哟含羞成上帝的女儿
天使的你声息轻轻
轻轻治好了我的一场大病

我的家就坐落在我的身上

我的家不在生我的地方
不在这座比远方还近的城市
在谋生觅爱的小巷穿行
我的家坐落在我没有尽头的体内

三年啦　我跟自己相依为命
少年时期的快乐和忧伤
常常在梦中风一样吹我
它们在我的头上
数出一根又一根白发
在有诗意的地方
用真诚和泪水
把我一口一口地喂养

没有家了　诗歌
是我和汉字挨饥受冻的家
在诗中我爱比我富有的祖国
爱那些比我还穷的人们
每当没有了跨出门槛的力气
我多想匆忙中的祖国和人民
给诗歌一个鼓励或相扶的眼神
我的家呀　为什么
只坐落在我趔趄的身上

劳动的光芒

我要以劳动的光芒
照耀我的祖国
我的祖国给劳动和人民
打开了　万里长卷
一页页用盐花大写的历史
将翻开　大红大绿的东方

我的东方掏出一粒阳光的种子
祈祷和热血把她插入泥土
我的东方收获了一钩月牙
祝福和柔肠把她收进粮仓
孩子们把书读得白白胖胖
老人们把树看得匆匆忙忙

匆匆忙忙是我劳动的根系
我的根系一头系着祖国的大山大水
另一头搂着血汗的亲人唢呐的故乡
我的故乡　让大山大水
画得血气方刚
我的亲人　让喜鹊和梅花
绣得举案齐眉

我是在举案齐眉的生活中
经历　祖国的艰辛

我是在血气方刚的诗行中
方正　我的家园
从一座山梁翻向另一座山梁
我的祖国背着种子的力量
从一个港口驶向另一个港口
我的祖国迎着花的仰望

我的儿郎的　南方妹子
掰开荷莲羞羞地笑
我的儿郎的　北方小伙
刨开花生憨憨地乐
我的儿郎的　东方好男
在给秋天打眼
我的儿郎的　西方好女
在给冬天栽萝
我的儿郎的白天
在为绣台点相思
我的儿郎的黑夜
在为鱼船荡星河
我的儿郎的年头
读书　默成了一座山
我的儿郎的月尾
戏娃　笑成了一条河

我那河一样回肠荡气的城市唷
煤在炉中开出光明的花朵
钢在手中长成破浪的船儿
一船商品呀一船动听的神话
我那神话一样迷人的都市生活唷

城在水边手牵手
市在市中心连心
一条心河呀一首流不尽的民歌
我那民歌一样悦目的人流车流唷
弹奏在钢筋和水泥浇灌的弦上
我那迷恋流速的街心花园唷
用红灯绿灯对着立交桥们吹箫
我那箫眼上滴出的八方乡音唷
把城市浇成一座工业森林
我那森林中放飞的这幢平房唷
在为劳动歌唱

歌唱劳动　仁慈的犁唷
翻耕在父亲的手上
好一尾血肉的舵——
是那碗缺油少盐的南瓜汤唷
让我的父亲喝出了
　大红的灯笼
高高亮起的吉祥
歌唱劳动博爱的针线唷
牵引在母亲的心中
好一面临风的帆——
是那碟单衣薄裳的虎皮椒唷
让我的母亲辣出了
　欢腾的爆竹
脆脆　响起的暖意
歌唱劳动　那些待业下岗的邻居唷
跟我们这些从未上过岗的劳动一样
吃完了这桌年饭

刮去胡须　剪去指甲
干干净净　正正堂堂
向自己的筋骨要饭吃
向自己的心志要年过
咱拍在门上的对联要比哪家都火红
咱端在桌上的年饭比哪家的都醇香
是那桌白手起家的年饭唷
让我和妻子从对方的眼神中品味出
生活的港湾呀
何止我家这条小船
替祖国　分享和分担
劳动这块年糕的喜气唷
啊　劳动　劳动是仁慈的
贫穷和懒惰才是万恶的源头
是那杯含泪的拜堂酒唷
让我们这对苦难夫妻
念念不敢忘记那句：
“天道自古酬勤,娃呀
人间正道已对准了沧桑!”

我要用劳动的光芒
照耀我的祖国
我的祖国给劳动和人民
打开了　一唱三叹的万里长卷
我要用冲出血管的盐花花
把东方的祖国开得大红大绿
我要用太阳花开的种子
让故乡　丰美娇嫩的月牙
我要用热血和衷肠

抱回新世纪的大门
让祖国　鸡犬桑麻殷实粮仓

用蹦蹦跳跳的朝霞
祝福你唷　我的祖国
用团团圆圆的月光
供奉你唷　劳动的光芒

内心的光芒

当你遭遇困境的时候，你只能靠你自己，你自己就是个太阳，你腹中有着千道光芒，除此而外，你别无所有。

——毕加索

1

大地　在以大地的方式
　让我走向回归的边缘
这枚来自内心的叶片
分布着道道起伏的霞光
它用种子支撑燃烧
又以雪花托起浩瀚

在我采集光明的体内
左脚　高举我失语的膝盖
右脚踩响了命运的脊梁
我看见胃中的酒神
在打磨一场图腾的大火
我听到远方的寂静
在搬那句吐不出口的歌谣

我如叶般细嫩的女儿被人牵走
我看见世风在滥伐我灵魂的沧桑

我听见　乌山一座
连根拔起项羽那滴老泪
我看见那条乌江
还在我的血中飘扬
我劈开太阳集结的烈焰
踏穿地心深处的岩浆

我眼中的红叶红得轻轻
可是你弃我而去的飞翔
我耳中的绿叶绿得淡淡
可是女儿落地时
划过夜空的那道忧伤
我飞过受辱的腰带
我越过自已的光芒
我活着的胆汁
在枕边　让骨气一烘干
我死去的声带
哑成了一条吸血的蚂蝗
踩在你比飘还飘的唇叶上面
我听见女儿的泪花
扯不动你洗了又洗的衣裳

2

返回丘比特手中的箭
其实没有一支
可那些世俗的深刻从你手上
吐出　比多还多的温柔戳我

栖息在爱情的大好河山面前
你说好男儿当操吴弓
可那只让和平喂肥的鸽子
挡住了多少男儿的血性
生活的时速让我一损再损
走在我前面的男人
个个成了让时光自折的英雄

城里的桌台是一座
　流亡的小岛
我是这岛上忘了穿衣的少年
追下彩虹你取回
莹莹一篮露水洗衣
滴在我的身上
怎么变成了一条穿心的暗河

河上的琴台空无指音
我听见的那颗太阳
已从外公的手上隐居山顶
我看到的那轮月亮
还在外婆的怀里坐卧不安
我抢在落日的脚前
采回一捧滴血的红豆
我穿过夜色的围巾
从灯上给你盗回灵芝
采回红豆是想
给人间的爱情熬制稀粥
盗回灵芝就是想
让天底的良知享用佳肴

我伤害了门前的三棵梧桐
烤不干这条昏湿中的石巷
我焚遍了体内的积叶
抹不平儿女心上的风霜
我远行的诗行在怀中
把我念成含泪的蝌蚪
我忧伤的书架在壶里
将我读成守城的更夫
我远处的另一个自己
不再回到同一件衣领的王国
　跟我做一做芳邻

烛光　虚实着你的愁容
窗台　开合着你的泣声
失眠在我心上的人儿
请用你燃烧的双臂
摘取我　高处的深渊

3

大地有掉到天上去的自由
要回来装好你的羽毛
大海有返回雪花上的选择
要出走放下我的伤痛
空图回音的这个家呀
在翻越苦难和幸福的途中
没有权利剥夺歌唱和儿女
做我生死相依的家园

出门我适应了大山
站在我的肩上高高地沦陷
进门我习惯了大水
躺在我的耳中远远地断流
我高过五岳的这把银锄
在我的思想上方垦种一地白发
我感情深处的三座大山
把我退守成一座念你还乡的祭坛
我敲开自己的脑门
接回一对分飞的劳燕
我撬去自己的膝盖
倒去那位背对程门的雪人
我拄着自己的热血让白骨穿城而过
我点亮我的良心给灵魂脱去流浪的血衣
我血衣中风帆的儿女是你背弃的家园
诗歌是人类的儿女
儿女是我的家园
要回来装好你的羽毛
要出走放下我的伤痛

深处的飞翔

我要用含泪的灯盏
　提升我　深处的飞翔
我的飞翔来自体内
划过夜空　比深还深的那道寂静
还有我临近暮日
摸别人间和苦难的两行忧伤

我的忧伤点点滴滴
我的寂静苍苍茫茫
苍苍茫茫是我以坎途磨亮的岁月
点点滴滴是我用白发守望的思想

我的思想跟高雅和世俗磕磕碰碰
我的岁月为了苍生和敬畏而悠悠飞翔
悠飞在天怀　我给人间
悬出一面梳洗炊烟的铜镜
磕碰在地胸　我给爱恨
供奉九曲受伤而虔敬的柔肠

生我风兮　父亲用血汗
从我身上搬走那些痂痕和痛楚
养我雨兮　母亲以慈爱
织下彩虹让我的冷暖去呼吸晨光

呼吸晨光我用父亲埋在我身上的骨力
撑开了一场又一场横来的风暴
抹去痛楚我用母亲藏在我身上的血气
来绽开一瓣又一瓣含笑的东方

我东方的那个玫瑰是爱恨们取暖的灯盏
我东方的那个飘叶是屈辱们相依的摇篮
我东方的那个炊烟是忧伤们遥望的手杖
我东方的那个童贞是白发和白发寻找的故乡

寻找故乡　在体内
第一只飞动是我九曲回肠的热血
第二只飞越是冰火之间我大气磅礴的气象
我的气象已坐上了大鹏的血性
我的热血在驾驭和穿越我的光芒
我飞过上帝的穹顶
我越过佛家的天堂
我看见比轻还轻的炊烟在对着五谷的精瘦
失语
我听见比冷还冷的雪霜在背着瓦檐的起伏
苍凉
长空断了　我用飞翔对准感情的枪口
大地废墟之时　我顶着飓风登上理性的船舱
大河解冻哨我用热血去撞响我的远景
云雾散消哨我又催醒自己比静还静的飞翔
我纵跃一滴又一滴远古的洞火
我飞渡一弯又一弯未来的云岗
我有过温馨的阵痛也有过幸福的苍茫
我活着的灵魂高举一盏不朽的花朵

我死去的凡胎卧成了一条破壁而自恋的豺狼
在自己飞扬的血河之上放舟
我听见人类的那锅绿洲在漠风之中
鼎煮一尾生机勃勃的夕阳
我听见世纪的天空比空还空
我看见那枚血铸的落叶变成了时间的坟场
我的白云在打扫我长空的飞羽
我的地火在经历我背着的炎凉
我听见落日的婚姻把我踢出了爱恨交织的小巷
我看见儿女的泪花染红了北斗弓晒的那件霓裳

霓裳下的故乡是一座拒绝我归航的驿站
我驿站中求生的父母是儿女无法回到儿时的故乡
我飞过一代又一代父母用血肉构筑的手茧
我越过一代又一代文明以心智和苦难打磨的辉煌
大海呀你是我寻找而又远离的终极
尘埃呀你不是我流放而又皈依的天堂
我天堂的热血跪在砚台上只拜我梅骨撑亮的天窗
我天堂的瘦骨勒响了我流于弦上的一丫丫指气
我笑过我的苍天睡在我的纸上沉睡不醒
我哭过我的大地墨在我的墨中煎熬夜的枯肠
我枯肠中的美酒醉过我身上的阡陌
我阡陌上的儿女向我的愚昧垦响了千年的

古荒——
我古荒中守护的驼峰耸起了古道的箫音
我箫音中生风的蹄印让裸裎虎卧龙藏
我虎卧龙藏的纤道江河般弓起腰背
让我爬过手上的坡让我蹚过索套的河
我河边学着打砧的女儿花儿一样好使性子
笑弯过窗前的新月　羞红过枝上的骄阳
我骄阳般出山的三条小路在书本的飞翔中摸
　爬滚打
我摸爬滚打的泥浆唷在我手上搓出人类的书
　声远航
航入人山人海唷我是一只着陆体内的孤雁
我孤雁般惊起的忧伤正在回望那追我追得掉
　队的磷光
我要用含泪的灯盏
　提升我深处的飞翔
我的飞翔来自体内采集光明的历程和岁月
我的岁月在向人生拍醒一句飞滴的血浆：
在前人和后人的飞动之间
面对那些没有头颅的行走
我只能守护好我内心的两行翱翔

往事，或飞翔

我害怕一切轮廓过于分明的东西

——题记

1

真正的飞翔是从失去羽毛开始的
就像一位蒙难的英雄
在脚镣和手铐之内
也能让不屈的热血飞翔
英雄被害　大地之上
留下一滴没有头颅或寻找头颅的行走
那些让热血　去扑灭
一场大火或大刀饮血的场景
注定了我只能在自己的体内翱翔

英雄的飞行已着陆书本
沿着飞声　我在父母的手上
捡起一枚枚冒汗的汉字
我用它来温习远处的自己或身边的故乡
那些从乡妹子嘴上起飞的山歌
也是一种飞　一种敬畏生存苦难的飞

2

从小我就没有见过外婆
母亲说外婆住在土里
我想那些住在土里的人也在飞

从入土的那天便开始了灵魂的远飞
天堂是巢　他们用灵魂的嫩喙
在上帝手上寻找安魂的虫子
我把它们讲给那个在土里飞了几年
后来飞到别人家做了儿子的弟弟听
他说　他走了　要我养好父母手上的虫子
这对活着或死去的我暗示了某种畏惧或恓惶

一只飞　两只飞　背着母亲
用嫁衣改制的书包
我飞入拼音和生字构成的林子
拣着那些饥馑的野菜和蘑菇
全校只有几本孤雁样的教材
教师的嘴总是喋喋不休地飞
飞累了　我便听那些大字报
在一个疯子的手上飞
为给疯子捡了几张画满羽毛的纸
老师给了我几扇抽声　从那天起
我的胆子被谁挖了一个备战洞
让那些英雄以及让勋章成为勋章的
镣们铐们来操练它们的飞痕

飞　是一种解脱
有时也是一种束缚
它们是我来去的天空
我的飞行是从认可或向背开始的
那是因为老家的炊烟太轻太苦
被一根吃不饱的线老是牵着

离开父母　我在从军日记里
放飞我认可和向背的骨骼
我想向背或认可也是一种飞
一种敬畏饥饿和仁慈的飞
沿着飞　我在梦里祈求老家的庄稼
依照窗花上的样子去长

有一种叫滴的飞越
飞成尘封里的拓片
焦黄中瘦瘦地动

3

一滴处女的血让我
停止了那种浪漫的飞行
或是它的出现让我的飞动凝固
成家了　飞入解脱　飞入束缚
三个孩子是我们用飞翔孵出的飞翔
我说过　从小我就没有外婆
但外婆的微笑比山花好看
我总想把外婆的微笑从飞动的坟里
接回　安在妻子的脸上
变成山花的妻子后来开到别人的山上去了
孩子们在家校这两滴痛感之间飞动
而我　是一只走断长空的孤雁
在向感情的猎枪飞坠

悬在飞中　我看见
大地上的寻找正在接近羽毛
这是一个让热血和飞翔

被自己或别人关在体内的年代
是那种对敬畏或飞翔的伤害
我才用听的方式　回应
或感念那些有血有肉的飞翔

水往上流

流呀　流呀　生命们
哗啦　哗啦　女人们
三代女性组成
一　个　流　程

对于下代人
奶奶像流水一样
把她的整个爱
　流给妈妈流给我
奶奶是水妈妈是船
船在水上悠悠地漂
　漂了好长好长
如今河水猛退
奶奶成了一滩
　晒枯的鹅卵石
搁在床上

生命滋滋悠悠
对于奶奶
妈妈像一丘滚烫的沙
从来没有水分去湿润
那搁在床上的鹅卵石

奶奶是本童话

一水往下流
父亲读着成一句
哲言——
　水往上流
他是在水往下流
和水往上流的交汇处
瞪着眼淹死的

于是妈妈像摔碎的杯片
被一个男人捡走了
不再管奶奶
　不再要我
我知道妈妈也是水
我也是船
　一条绿色的船

在我眼里
奶奶也是一条船
　很旧很旧的船
新船和旧船紧紧相依
泊在一片狭窄的港湾
我只有一个奶奶
　(奶奶仅有的只一个
淡淡的黄昏)
正如我只有一个
缤纷少女的花季
每当奶奶那条鱼目
浊浊的颤一颤
我便轻轻递去一匙水

递去一颗女人的心
也每当这个时候花季
才是一抹真正的云

流呀　流呀　生命们
哗啦　哗啦　女人们
三代女性
站在各自爱的支点
组成两个流程
　水往下流
　还要往上腾
生活中的一代人呀
要肩负两个流程

第四辑：

如此多娇

在雨巷，笑涟涟

涟涟酒窝淹醉人

淹醉人涟涟乡音

如此多娇

从仁者乐山的深处
背回这四个大字的发音
我不知道该要
垫上　多少山脉
自西向东的起伏
或南往北的高矗

不然　与我们
平起平坐的万代江山
从头到脚的昆仑
何以　如此多娇

多在一草一木
可以让祖国和人民
风光无限　万山红遍
娇于白云悠悠
来自我和神的呼吸

我体内　万世
升起的炊烟
在风雨雷电的抽打之中
让隐入泥土的刀枪
长成　迎客的松柏
我血肉之中回荡的歌谣

让大山和大山的倾听
开出　翘望的村口

为了让这四个汉字
年年可以在地上发芽
我愿　做一只
劳命奔波的蚂蚁
替岁月　去背
大水清亮的去
大山翠响的来

这座叫龙泉山的山

这座山
远古而来
佛性而来　从游人
心中的远近
可以看到有灵之山
是如何向自己的周边
充盈古刹名山的灵气

这座叫龙泉山的山
从汉朝　山到明朝
又风里雨里山到了现在
从山顶的树间亭子
到山脚的庙宇民宅
你怎么看　都会
觉得龙泉山是一座
生机得可以养活神仙的山

这里是青山龙虎地
这里是绿水凤凰池
灵泉寺　几易而建
坐镇龙泉山脉
历史深处的那一把火
烧掉的是残砖废瓦的痛
重生的是这佛光之下
梦一样　活了
起来的江南梁子水乡

对一块石头的断想

对龙泉山　那块
让权力膨胀得
欺人欺世的石头
我足足想了二十四年

这块石头　在我
血泪的抽打之中
仍然　是一块
欺世骗人的石头

出生入死　建立
大汉王朝的樊哙将军
功成后　分得一块樊城封地
吃饱了狗肉
灌足了美酒
不待打出一个冲天的饱嗝
便占住了　龙泉山下
那块风水先生点化的宝地

朝灭朝兴　时值
姓朱的人家夺得了天下
他的十三王爷想占这块墓地
便开始了　让樊哙
腾让基地的炒作

有人在夜深处
找来一块方石
让石匠敲出一纸借条
说樊哙在五百多年前
借下了朱家的一个地坑

此时　朱家是大明朝
天下第一姓
姓樊的当然要让出睡地
给姓朱的王爷修陵

二十四年了呀
那块石头在我体内
足以炼狱成一颗舍利
而龙泉山还是龙泉山
俗家是将军、王爷的陵园
仙家是佛门的一方净土

东山顶上

东山顶上　一头
童年放过的老牛
还在啃着　那身
露水的青草
一天一天　把我
喊大喂大的歌儿　还在
骑上山风　翻山越岭
那个在我体内
依然　万山红遍的少年
把我瞅成
一腔春风　回头
吹醒的最后一道山梁

那座守望东山的寺庙
还在钟声遥远
初一的阴天
十五的月明
看着上香的信男信女
正在背走黑夜的黑
背回白天的白

东山顶上　那个
教我用口哨
呼叫鸟们的看山爹

把山外的山风
咳成　一道山门
两条山路
三块菜地
和一些认不出公母的蜂蝶
嗡嗡翩翩地　看他
顺着山羊胡子
追忆　一场内战
是如何用弹尖
在他腿上　咬出
一跛一跛的疤痕

东山顶上
是知青姐姐　约走
知青大哥的地方
那些叫不来名儿的山花
野得　满山夺人
有一个山花一样
满身关不住春色的尼姑
抱走一名弃婴
说是回老家去还俗

东山顶上　那堆
化去四十几年的白雪
还在白花花地
满山　咔吱咔吱
断出枝桠的脆响
和我一起放牛的小妹
冻得满脸透红

两条小辫子
一甩一甩　甩出
一只红狐一坡一坡地追赶
拼命逃跑的那窝麻兔

东山顶上　竹林清瘦
一只野鸡打鸣时叫唱了
一山又一山的山鸡
叫得山雪越掉越薄
雪们如雾　轻成
鸟们洗掉的羽毛
一只飞的飞起
追着另一只飞的飞落
落成　东山顶上
悠去好远的钟声
不知岁月地变成了
山下人家　取暖的干粮

东山顶上
红叶落尽新芳复枝
漫山红得舒卷的叶子
多像我歌中
唱得　忘记的那些歌词

东山顶上
顶上还有　向东的山群

那年　我们去采访一个山乡

——为第十三届记者节而撰

那年　我们去一个山乡
采访一条山路两只蜜蜂三只野羊
一个穷得只剩下风景的村子
怎么　让一缕春风吹出
那里的第一幢楼房

雕龙画凤的房子
很古韵地立在民风中
光棍村的汉子
把古老的花窗屏风
雕向了　异国他乡

多好的菊花兰草
招蜂引蝶地　为村子
娶回了湖乡的十多个姑娘
采访的那天　我们
在他们的婚礼上
醉饮　一壶壶茶香

唱大戏

唱大戏了　四面八方的乡亲
老的　少的　还有些
英俊的小伙水灵的女子
好江南地拎着椅子凳子
向开锣的地方涌动着

这是正月十三　杨店村
唱了百十年大戏的楚剧团
在一家预制厂的空地上
搭台唱它三个晚上的大戏
《葛麻》《雷必豹临阵招亲》
《秦香莲后传》《赴五娘描容》
这些自编自演的剧目
就是乡村灵魂的出台

开锣了　台上的皇帝老儿
在临时设立的香案前
点燃三炷大香
一香敬幕布上的剧目和布景
二香敬点锣击鼓拉胡琴的乐队
三香也在大跪中
敬台下　睁着大眼的乡亲
乡戏开腔了　那些
沾亲带故中调皮的娃子

从台后想往台前蹿
被台上的守幕人轰了下来
这是乡俗　台前
不能让小孩去窜场子
那样会给村里带来不祥
台上的古人在剧情中
慢慢悠悠地过着他们的生活
台下的乡亲
替台上的古人
善恶　悲欢

板鼓如心　胡琴生情
在葛麻出台的那一刻
我想起那年看戏
有个叫凤娘的同学
挤在人堆里
用脚　在踢信息给我

鼓南　鼓北

鼓南鼓之南
鼓声在南方的石桥上
一拱　十八岁的花窗
向丝丝水带织着山河的湖乡
开出　墙白　竹翠　瓦青
石板街踩响石板街
吊脚楼惊动吊脚楼的南方

岸起岸落　江南
在桨声和槌声的相映中
响成一面　千湖入汛
万舸争流的大鼓
网花一开
空灵的舱里便哑出了
活蹦乱跳鲤红鲢白的鼓响
鼓声敲打着鼓声
一张补了千年的鱼网啃
为捞回凤嘴上的那颗明珠
漏掉多少　茶道上云游的凉亭

在岸与岸的涌动中
掌舵的那位艄公把自已
从涨潮的青丝摇向潮落的白发
为了家中那面温柔的老鼓

瘦成一根　又哼又嗤的鼓槌
船头上　观潮的书生唷
搁浅在绣台上的那对鸳鸯
何时让你还乡的鼓声
将它吹回恩恩爱爱的水中

东方的那面大鼓唷
从日出敲到日落时
江河在人间的背上
走了九坷十八坎
坎坎湾着大海的波光

鼓北　鼓之北
鼓声在北方的碾上一震
大地之上啸出了一腔滚滚红尘
祈雨的人唷　把自己
跪成一面大鼓
默默等着润肺的声息来敲
鼓声一闪　一群
冲出栅栏的公牛
头上昂着旱旱的天
蹄下响着荒荒的塬
牵着毛驴往山外走的妹子唷
你把那口怀胎的老井
准备嫁给哪座院里的锅台

在漫天走雪的窗花中
是谁将塞外那面冲刺的大鼓
敲成养家糊口的碾子

村前瘦出秦时的月
村后亮起汉时的关
又是谁把那面腰鼓
敲成一座香气袭人的大鼎
将古城敲得苍劲挺拔
让曲廊响得清瘦轻柔

鼓南鼓北鼓声
敲打着鼓声的高处
在南方是一床唤风的凉席
在北方是一张焐脚的大炕

最初的鼓声

最初的鼓声是一枚
在枝上跋涉的果子
果子沐浴飞翔
穿越风声的果子咚地一跃
敲响大地的年轮

果子与世无争
把胸膛打开的果子
让熟透的鼓声经过自己
又让前方的果子回过头来
接住　自己的飞翔

果子一敲大地
大树便背着火红的秋声
漫天行走
秋天在果子的梦里
搬运着一群夏天的蚂蚁
果子用打开的嗓子
拍醒一只只迷路的蝶儿
最初的鼓声敲响
我们饥饿中的祖先
他们从雷电中采回火种
又从死灰中吹出光明
果子无意摘掉他们的手纹

空中火鸟跃闪
树下红狐欢呼
地上那面饥馑的大胃
在鼓声中　空得气壮山河

我们采食莫忘了给种子一面鼓声
我们寻居不要忘记给树们一条路走
岁月在山川中
抖开一派飘逸的鼓声
提醒我们掉向高处的灵魂

地球是太阳系中的一面大鼓

阳光的敲　月光的敲
我们用双脚敲转的地球
是太阳系中的一面大鼓
阳光在果实和汗水之间敲
月光在泪花和真诚之间敲
陨石敲打河山
火箭敲打云层
敲进敲出的灵肉唷
是鼓天鼓地中起伏的鼓魂

地水在地层深处往上一敲
大地便提着种子的声带发芽
春天在农具的身上一敲
蓝天便背着秋天的叶儿回家
躺在地上的鼓声一探脑袋
村庄的腊月便红出了脸膛
趴在他乡的泪花敲一敲皱纹
那盏千年不谢的孤灯唷
便亮出了一杯无眠的乡愁

鼓声在太阳系中
就那么　轻轻一响
文明在人类的脸上
敲出胆怯的朝气

最后的鼓槌

吃纸　喝墨
以纸为命的书生寄居书林
那些出入笔尖的文字
看不见身后倒下的森林

涉过墨河的人
从土里背回一丫又一丫文字
墨迹未干便让文字
把他背回了土里的老家

樵夫砍柴支撑那根饥饿的烟囱
书生裁纸包起那朵忧伤的磷火
一片一片的伐声
一管一管的文字
炊烟画出一座又一座书城
血肉在书架上放不下那节灵魂
大片大片地吃
大棵大棵地响
书城筑空了人类的胃
风沙敲醒了书生的柴扉
敲进电子邮件的我们
曾经是一些喝墨吃纸的人

最后的鼓槌是否
在一只破鼓里敲打我们

江南歌

江南歌
丝丝水带织山河
织山河——
湖妹掰开荷莲笑
山哥刨开花生乐

江南歌
染绿秋雨播山坡
播山坡——
好男打眼女栽萝
苦日当作甜日过

江南歌
桥通鱼汛绿桑乡
绿桑乡——
阿妹绣台点相思
阿哥摇船荡星河

江南歌
幢幢阳台品阳春
品阳春——
山哥读书默成山
湖妹戏娃笑成河

在雨巷

在雨巷，雨濛濛
濛濛春声吐满枝
吐满枝濛濛春意浓

在雨巷，汗涔涔
涔涔盐花开衣襟
开衣襟涔涔江南城

在雨巷，笑涟涟
涟涟酒窝淹醉人
淹醉人涟涟乡音

在雨巷，香悠悠
悠悠生活悠悠人
悠悠人碰悠悠春

江南桥

江南桥
桥桥桥柱柱树弦
柱树弦弦弦丰韵
弦丰韵呀韵韵醉人间

江南桥
桥桥桥面通九乡
通九乡乡乡乡音甜
乡音甜呀甜煞望桥人

江南桥
桥桥桥洞洞穿舟
洞穿舟舟舟鱼满舱
鱼满舱呀舱舱风景鲜

江南桥
桥桥桥孔孔吹箫
孔吹箫箫箫南音
箫南音呀音音洗明月

江南茶

江南茶茶山茶
茶山起伏梦采茶
梦采茶——
男人制茶搓春风
女人采青手啄芽

江南茶茶水茶
茶水悠长歌品茶
歌品茶——
好女持壶倒风景
好男开窗赏月牙

江南茶茶茶茶
茶生茶长茶爱茶
茶爱茶——
哥上茶岭采妹心
妹心一朵山茶花

江南茶茶茶茶
茶年茶月茶想茶
茶想茶——
哥得喜讯奔茶道
妹在茶岭生小娃

第五辑：

最后一块乡土

大雁飞过　另一个

自己　留下一句

——平沙落雁

仰望舷窗

仰望舷窗　机翼下面
尽是一些移动的白云
大片大片的白
望不到边际的白
白得让人　去想
那一摊一摊云朵后面
会不会是远方一位朋友的故乡

仰望舷窗　阳光
是一种清澈见底的父爱
他用他的双肩
让我看见　大地上
我们的祖祖辈辈
在玉带一样的河里打水
在乳房一样的山上开荒
而童年时代放飞的风筝
如今变成他们仰望的飞翔

仰望舷窗　飞机
在呼呼的气流中
一升一降
天河机场　让我
很武汉地抵达了昆明

大雁飞过天空

大雁飞过天空
没有一朵云儿
知道歌声的来和去
大雁　飞过自己
无法带走父母
为他　留下的天空

云高云低　大雁
在自己苍茫的体内
卸下一根又一根
落地　成飞的羽毛
阳光万里　大雁
让天空回到我们中间
大雁飞过大雁

大雁人字而走
大雁一字而归
大雁不忘家门
大雁眷恋异乡
大雁的乡愁　是季节
为他放飞比飞还飞的天空
大雁的苦楚
是天空叼着自己的叫声
去喂　身后的翅膀

大雁飞过　另一个
自己　留下一句
——平沙落雁
大雁飞过天空
故乡总在我们的前头

一枚鸟蛋的飞翔

一枚鸟蛋　就在
远山和近水
交胫与戏波之际
便为它们约定了
今生或来世的飞翔

风雨从天而降
远方飞抵窠前
不落不弃的一场鸟瞰
是夜色的飞去飞回

打开自己
梳理风霜
壳裂之日　鸟道茫茫
为它打开险恶和阳光
斜的是风　盘的是爪
忽近忽远日月星辰
是远方送来的渔火和虫吟

一啄一摆地觅食
只为身后的斜阳
而风霜不愿道破的秘密
恰是天空在收集滑翔

秋天在作茧自缚

风在说谎
雨在鼓掌
那些不知天高地厚的云
说自己　头上
是人的天堂
脚下是神的故乡

一个人说假
一群人附和
一群人扯谎　一个人挨骂
就像劳动背回了那么多果实
没有哪一滴汗水　回望
秋天正在作茧自缚

风和日丽　一个叫花子
指着自己的影子大骂——
我很幸福　只是你
挡住了我的阳光

红帆船·白帆船

太阳从书中升起
走出红格子绿格子的少年
站在童年的沙滩
悄悄盼望纯真的帆儿
闪现灵光

远去了的岁月
让外婆一唱三叹的歌谣
描绘成一条细雨濛濛的小巷
栀子花对开的蕾音
醒在少年不语的唇上

忘忧岛上　你说去
采回火种　照亮我们的舱室
递过来的小花篮
却由另一种风景的日子满装
红帆船长高了
白帆船长大了
深思熟虑的你
却不知水响在何方
追一块忧伤的漂石
飘向你的花期
飘向你的阳光

涨潮了
起风了
红帆船呀白帆船
驶出了妈妈眺望的心港
又一轮红太阳
还是从书中升起

风雨飘摇

风也飘摇
雨也飘摇
风雨飘摇的杯中
是谁在寻找猎手
是谁在梦中飘摇

那是一个什么样的夜呀
风雨飘摇
男人在她特别的日子
一次又一次地
　让她杯中的等待破碎
夜杯一晃　她醉成
另一个男人杯中的风景
（那是一个让她骄傲的男人）

突然一把生锈的钥匙
带回了杯中迷路的男人
在灯光的审视下
谁敢正视那赤裸得
让她心痛的现实

后来从电视节目中
她发现自己男人与那个男人
超凡脱俗地笑着握手

为此她在心里
　活活砸烂了
那两个酒杯一样的男人

风也飘摇
雨也飘摇
风雨飘摇的杯中
是谁在痛恨猎手
是谁在梦中飘摇

大自然的昭示

剖开果实,方知是大地耸立起了
人类对大自然深沉的敬仰
涉足江河,才领悟阳光的源头
是来自我们心灵的珍藏

一棵树　长活了
多少如叶的眼神
一泓水　揉皱过
多少透明的柔肠
人类的视区
总让鸟翅的音籁束缚
我们的心愿
总叫双桅的白帆赤裸

放养每一种信仰的血液
是光明向黑暗夺回的旗帜
人类的鲜血才与阳光一脉相红
令每一尊塑像深感羞愧的生命
是泥土对长空花开的警言
我们的头颅才高过万物的重量

没有　上帝营造的航灯
礁石同样校正人类的航向
没有　众神满帆的大手

恶浪同样使我们的岸抵达远方

有了森林烂漫的季节
人类的野性才常常迷路
有了草原辽阔的情怀
我们的思念才遥对家乡

人类　曾用触礁
测试智慧的深浅
我们用野火揩净每一座心灵

我们　曾用沙漠的狼眼
读出自身的勇气
人类使用蜕变的沧桑加冕每一方故园

季节挤出了不同方位的花香
怎能　说我们的愿望就不遭受沦陷
古道旁倒塌出废墟的城堡
怎能　说人类的信仰裂变成风化的模样

从亭子间顶天立地的目光
我们读到了多少幽深的渴望
从坟堆里收藏的白骨
人类便站稳了树大根深的文化和思想

路　之所以能将人类举成碑林
是因为我们曾做过枪口下的猎物
荒野　之所以高筑起都市的文明
是因为人类的头上亮着一颗滴血的心脏

我们　能和思想的警言对话
是因为人类创造了让万物惊叹的手掌
人类　能泊近真理的诺言
是因为我们磨利了锐利的目光

一次又一次起死回生的灾难
最终使人类荣获高尚
因此　我们的故事曲折漫长

一样又一样失而复得的创伤
让我们备加深信未拓展的远方
人类的命运才起伏得顺理成章

人类能把没有开花的太阳
插进失血而贫瘠的泥土
让炊烟去打扫野蛮和饥荒

我们　就要用汗汁和泥香
在出生明天的地方
让爱情灿烂让友谊芬芳

面对默默不语的大自然
我们将堵住每一扇门上的猫眼
让真诚打开人类的阳台
——人是自然的心脏也是思想的太阳

走在路上

走在路上
路把人举成路标

有人让路驮去老远
又让一个拐弯给扔了回来
于是沮丧成旧碑的样子
让心中的目标无法抵达终点

也有人把路筑向远方
每稳住一次跟斗
让目标慎重地迈开步伐
最终成为另一种路
使心中的目的地勇往直前

走在路上
路靠脚印养活

有人躲进脚窝
让路不再爬出
也有人挤向荆棘
让路重新站起
丧送路的人
活着路也会把他踢开
拯救路的人

死后　路也会把他救活

走在路上
路说看人么样走

长征方式

爷爷长征
用一支老枪
让一个趔趄中国
摆正了失衡的走向

父亲长征
用一杆五星红旗
让一个老掉牙的中国
开始返老还童

我们长征
用一扇敞开的大门
让一个改革中国
巍巍在世界东方

我相信……

1

我相信空中的玫瑰
是我们取暖的灯盏
我相信地上的飘叶
是我们相依的摇篮
我相信异乡的炊烟
是我们遥望的手杖
我相信凋谢的童颜
是我们寻找的故乡

2

我相信地头的种子
在对着秋天的肩膀啼叫
我相信风干的汗水
不会对着光阴白流
我相信跳上枝头的花蕊
是来自心灵的那根烛光

诺　言

把自己交给自己
这是一场没有止境的苦役
在别人的天空下
寻找自己　所有的感伤
对准生活或生活之外的准星

为把体内的一种崛起
高过自己的膝盖
最好让别人去追求别人
为了泪中的那滴向往
躲在体内　最好
自己舔干另一个自己

假如从自己的远处
归来　最好让冬天
跨入自己体内
抱着高处的梅香痛哭

最后一块乡土

1
谁在歌颂太阳
让这老祖宗笑得落泪
那夜　一场流星雨
划过夜空
回头把小女儿的太阳
逗得笑成了一轮月亮

月亮　月亮　还在
背着谁的花篓
好瘦的风儿
一路在吹
把外公的腰背
弓成　一座小桥

桥上站着
比风还瘦的外婆
外婆把我抱成
一只春天起伏的小船
把天空的脸蛋
荡得　又嫩又胖又白

2
白天　蓝天　阴雨天

万物的生死轮回
只剩下这样的一块天了

天是用来让大地
伸懒腰的
白云　乌云　一朵朵
那是一个诗人的翅膀
替天下受难的父母
放养一群又一群山羊

大地又宽又远
高山流水不远
远天远地的炊烟一起一伏
看见生儿育女的山川
是用来　让双肩
担待自尊、卑微和敬畏的

寺庙　教堂
那是天堂上的远祖
回头看见老家的儿孙太苦
便为人间　开了
另一扇大门

不愿说
也没几个人爱听
最后的一块乡土
回家时　找不到
让魂儿歇脚的参照物了

大路自古朝天
如今的谁们　正在
跟自己各走各的一边

3
万里江山大不过
自己身上　被风
刮起的一粒灰尘

尘埃被雨水收走
一只小鸟
收回飞翔时
发现比自己还重的羽毛
掉在了　一个
鸟巢的啄叫后面

让天升高的
是一枚　鸟蛋
让地下坠的
是一对　翅膀
不上不下的一场来去
该是　谁的眉毛
浓过了鸟语花香

4
一个人　跟自己的
另一个自己
相隔一场红尘

一个人和一场
红尘之间
只剩下一朵秋天

你出嫁的那天
一只把风儿吹得
滴出血来的唢呐
让身前身后的喜鹊
吹吹打打的人们
背走了　岁月
一群一群
眼角的鱼尾纹

5
落日是谁的凳子
在听树桩咳嗽
一身又一身怀胎的棉衣
新娘一样
去冬天老家
借回一身春天的花衣

一层一层　是雪花
在砌天堂和地狱的起伏
是谁　从一团
三月的雾中
抽回自己燃烧的身段

自己跟自己撞上
一个不期而遇的满怀

再苦再累的日子
也会让炊烟
长成家乡　那些
跟窗花桃花苦荞花
笑得　一模一样

野天野地是天上
但丁和杜甫
不爱说话的一扇门窗
歌声下方　往上
长了又长的耳朵
笑出的泪儿
不是风吹的月亮
就是雨打的太阳

好歌　驮回
两爿天使的红唇
好泪　滴出
两行不上锁的心痛
跟头发一样白的星云
在苍天眨眼的那刻
端着一碗
热气腾腾的彩虹
那是谁的乡愁

风景如画

是谁　在一条小路上
因为一条大路的介入
让我们曾经的淳朴和善良
晚归中　不再风景如画

是谁　让一根
南来北往的电线
在欲望中
丢失了乡村的平静
我那茂如草木的民风和乡情
在来路和去向之间
牛铃声声
回不到与世无争的往昔

是谁　用慢不下来的步子
让我们　本该
从容不迫的生活
变得　你追我赶
在房子　越长
越高的速度中
让林子里　每一口
漫不经心的呼吸
变得那么奢侈

给人生加速的那些人
让钟表越走越累
别人的行程
在紧催中　气喘吁吁
那些树冠之下
晚归的老人和心境
才是他们
在时间的贪婪之下
要去一步一步放慢的生活

自在不自在

一条路　牵着
那叫回家
一座桥　弓着
那叫来去
一个人　放手
那叫偷闲
一头牛　哞着
那叫自在
不自在的事
是天　高高地
蓝着　是云
悠悠地白着
是草　油油地
嫩着　树上的巢
被风吹得　呜呜　空着
农具　搁在楼上　闲着
亲人　外出打工
像是躲着
儿时乡村的印象
被一条越走越硬的小路
踩得　没有了着落

第六辑：

时间周围

这么好的春风

让雨声　打扫

水流之外的灰尘

而小白鼠　站在灰尘之外

心中夹一把伞

大风旗帜般飘扬
从黄昏肩上
卸下的　一幢平房
坐在我的生活周围
不红不黑地闪亮

二月的窗户
在谁的光环中
像一把　撑不出门的花伞
活在一朵花中
阳台在伞的高处
呼吸在伞的中心

接送三条小路的女子
最大的忧伤
莫过于把一场风暴
从一把伞移向另一把伞
而自己总是陷在伞的伞中

心中夹一把伞
一场不期而遇的雨
把我们从屋里扔向屋外
这世界到处是伞的边缘
伞在房中　我在伞下

躺在化石中的河马

河马　躺在河上
水以水的魂魄
在河马的背上
歌唱　一幅河马
河马早已沉入了化石的海洋
大海牵着河马的尾巴
河马在大海的骷髅中
进入一种神话

大水不发情
远山不说话
河马的水声
流入了　第二种状态
海底的化石不叫了
河马在追逐河马
山在山上　水在水中
水床孤独　河马隆隆

一千年以外
河马的化石
亮起荡漾的四蹄
水呢　远离水自身
流着寓言　流着孤独　流着神话

一脚　踢开月光

为什么把腿长在太阳身上
是谁一脚　踢开月光

一只受惊的小白鼠
怯生生地　从黑夜
　洞向黑夜的扣眼
洞开着小白鼠
　学着我的样子
一脚　踢出两只友好的目光

没有诗思来向度漂浮的夜晚
我在松弛的春意中
让第二根弦流连自己的孤独
灵魂失守　夜门紧关
我是我唯一受封的鼠王
　洁白地固守
替名词打洞
给动词修仓
一首探头探脑的诗歌
在书架上受封一个做梦的人
小白鼠从容地打洞
打给自己阅读

这么好的春风

让雨声　打扫
水流之外的灰尘
而小白鼠　站在灰尘之外

小白鼠偷偷啃着一些生动的文字
朦胧中　我的嗓子
在喊不出声来的梦中干裂

在一个人的诗中醒来
把阳光一脚踢来的绝不是我或白鼠

鹿不回头

一首歌中
鹿不回头　海不歌唱
在家中　我是我的天涯

流浪的桨声
敲亮一座大海的城市
从岸到岸
海峡离我而去
在梦中　我把自己接回了老家

在自己封杀的心中
流亡　一盏风中的灯
用光明挡住了阳光
我的三只小鹿
照亮我和妻子
关于白天　关于神话
诗的诗坛　开满阳光
　开满阳光

一座花园

送你　一座花园
还是让季节去采那朵玫瑰
花园是篱笆修剪出的一道伤口
伤口是今夜不语的玫瑰

送你　一座花园
园中只长玫瑰
玫瑰在为大地采集火种
火海中我用露水点燃了玫瑰

送你　一座花园
玫瑰是相思翻晒的草席
从草席上翻出院墙
歌声是一朵流浪的玫瑰

给你　一座花园
还是为你偷摘一朵玫瑰
花园在我的身上植树
树上开满了滴血的玫瑰

面朝冬天

我不知道　苍天
是否可以替仰望春风的人
把这一场漫不经心的大雪
托得更高更远一点

那么多无路可走的小草
和我一样　需要一块空地
替种子留住春天的声响
我得备上一把镰刀
让大地收割劳动的汗香
还得准备一把铁锤
驱赶那些挡路的石头
然后　扛上一枝
秋天的落穗
去追　但丁的粮仓

雪花飘飘　那是
神的歌唱
我需要一座小院
收留　那些迷路的枯叶或花香
更需要从积雪之中
破土而出的一只虫蛉
背回流浪他乡的小港
孕育山川的海洋

积露成溪　我听见
一座无言的天堂
仅剩下天使
正在　包扎自己
受难的翅膀
我看见一座雪山
从我童年的脚尖
爬向　晚年的头上
我知道用尽刀锤的力气
也无法挽留时光
飘扬的银白　临风的光芒

面朝冬天
大地在为无路可走的人
一一　打开村口
是一朵什么样的梅花
站在我的瞳孔背后
看见了昆仑　看见了风霜

四面八方

从四面八方　移民到
受伤的体内定居
一张既不能顶天
又不能立地的皮囊
是一个行吟诗人
安身立命的地方

两只难以搬回体内的耳朵
是父亲开在风中的天窗
女人瞅天是因一副背影
在他出入的胸腔内
流动得太久太久
小孩看脚是一根教鞭
在给朝霞　抽响了
那把脱胎换骨的座椅

为了让来世的歌声
来今生无边的体内生活
他默默等着上辈子
问路已久的声息来访

四面八方　是史前
史后的一冠山河
在左脚追赶右脚的行进中
他在思考　空空如也的夜空
给人间放养了几场秋风

被　动

一个人，他无法
去产地风干了的
一摊血中
抱住自己的生死
他老了，形同旧居，再没力量
在自己身上进行翻修
走过的路，流过的汗
以及那些还原为水土的食物
生前跟他的血液、肠胃以及欲念
贴得那么暖和；但，现在
说老他就冷在了床上

别人　只好把他
从旧床上移到了山上
这时，没有人去
替他明白一个道理
他从土里来，然后，还原为土
在他活得跟碑文一样有力时
那坨养育过他的泥土
在山上俯视了人间多年
而生前，他的儿女
也就是另一些有血有肉的泥土
为了把他当生命的根儿留住
没有少往医院和寺庙里白跑

人和神是留不住
行将走失的那些泥土的
问题是,他的儿女
不会轻易相信,父亲
活着的时候分明是
有血有肉的人呀

老人变成了一把黄土
更多的人还在替他播撒希望
据说,死者生前坐过牢
在狱中他没有少向儿女忏悔过
那时的生或死是被动的
那么生死之间的灵魂
会不会受到一具活尸的束缚

现在,他或许更加自由了
而儿女强加一块墓碑
让他看守生死两界的动静
上帝说,人是有灵魂的
那么,此刻他会不会四处闲逛

一个人走后

一个人走后,在别人
庄严的恸哭中
他是否借那个供奉自己的牌位
听见或想到自己生前的有关事情
譬如他曾在肠子上修路
是为了安顿饥饿的伤痛
他在胃里打过地铺
是为了更好地休息和遐想

一个人走后,别人
用灵堂内外的动静
去感受生活的声音
那个人的声息断了
那双失血的耳朵是否还在
瓜分人群的声频和分贝
还有那双画布之中
尚未成型的耳朵

走了就走了
其他人为什么不自觉地跟他走
他带不走的某些牵挂
还在别人的身上折腾血脉
一个人走后
生者想着为死者加上一段碑文
而死者是否愿意背起
那块代表存在或伤逝的石头

时间周围

时间在谁的生活周围
打造一座天堂
一座人人仰望中
心仪已久的天堂
谁又是母亲心头
受罪的那坨热肉呢
当他用哭声　打开了
这个制造欢乐的世界
人生苦短的命运却让他
不敢　多看一眼时间

时间是上帝或万物的管家
为谁操持着一座行营
这片没有几个亡人
肯从地府中归来的乐土
为谁的父亲　丢下了
走时的一声叹息
当他想从泪珠中
敲开　另一个世界
世界又让他在时间
面前　处处束手无策

时间在翻越一座
又一座苦难或欢乐的山头

山头上　满是寻找
还乡的那些红叶
红叶中有他前世
放养的一只只银狐
遭遇困境它们便智慧大开
在他身上训练一群小狐
阵痛之中　他对这个世界
又常常无话可说

是谁在自己的生活周围
让时间　跟这个世界
对话求和
在天堂和地狱的相望中
又是谁　看见时间
背着自己的灵肉
为了向时间和命运谢罪
他大胆地　去过
一个悲剧人生的生活

走在这个世上

走在这个世上　一种胃口
和另一种胃口
进行着时间上的换防

一只脚还没有
走出草地
另一只脚便被落叶包围
那张虚无中张开的大嘴
辽阔无边　把人的灵动
和寂寞舔得无处藏身
泥土一动　人便倒给了
泥香的翻身之处

人在世上走过　若是
感觉不到人生的苦短
那是因为上帝
在土里摸别自己的胡须

搬进搬出

一个人　一生
不厌其烦
在灵魂和肉体之间
做着一些　不是搬进
就是搬出的事情

饿了　一双筷子
带你出门
渴了　一杯热水
接你回家
困了　一张床会不会去想
月亮是否做了太阳的老婆

从小到大　由盛及衰
从学校搬回粉笔的行为规范
课本里的古今中外
从此　搬回别人的所思所想
向外又掏出自己的所作所为
搬走了几十年的光阴
把自己由年轻搬到了年老
而现在　只想
搬回儿孙们的平平安安
自己和老伴多活几年的庸庸常常

去别人的记忆中
打听　自己的一头乌发
怎么就让岁月
搬成了花白
从往事的深处
掏出一些　陈的芝麻
烂的白米
喂自己　也喂别人

说年轻人要学好
往回多搬一些养家糊口
光宗耀祖的事儿
说年老的要多做
人生的减法
活着　安神一点　搬进
死后　顺畅一点　搬出

一个人　活着
不想搬进也不想搬出了
就把自己攒了一生的体重
往床上一撂

那块　记载生死的墓碑
原是天堂和地狱之间
让自己和别人
搬得最苦最累的哥们儿

第七辑：

给梦找一个出口

一座时间之城
在我的体内挖掘
先是榨干了苦难
然后　穿城而过

那些大厦让人心越活越矮

那些大厦　高得
可以掉到天上去了
那些房子　挤得
让人跟街道一样喘着尾气

灯光是一条河
掀翻了月亮之舟
淹死了星星天使
浮在河上的我们
乐此不疲地逐浪观潮

那些大厦越堆越高
站得越来越高的生活
怎么　让人心
越活越矮

一座时间之城

一座古城　让人
心存敬畏
一个老人脸上
布满了大街小巷
让你无法　猜出
他的那些过往

一座新兴之城
正在老城身上
做着　掏空一切
就像时光的铲车
在老人身上所做的清空
最终会来我的体内还原

一座时间之城
在我的体内挖掘
先是榨干了苦难
然后　穿城而过

喊我回家的人

又是雾霾天
一盏盏路灯有点模仿路人
把自己的影子
收回体内　拼命呼吸
一句说不出口的脏话

满街是尾气和噪音
恶语谎言那样
伤及路人的心脑
慢成甲壳虫的车子
用喇叭声　拍打着
各自内心的焦虑

那天喊我回家的人
是我　收不回体内的两只耳朵
它们争着吵着
没有一个　愿意收留
掉在体外的咳嗽

刚进家门　手机上
那只鸟儿的叫声
给我叼回　来自老家
一句探问空气的短信

一纸之白

一滴墨汁
站在笔舌之上
眺望四周　那片
被墨迹搬走的一纸之白
从此　读书人
便有了自己的乡愁

出门漫步　读书人
撞上了一个醉汉
对方塞给他半瓶酒
问他　怎样用酒　醉出
娘是哪个儿女的乡愁

那滴墨汁　从此
在一些传说之中
变成了读书人的眼泪
那串眼泪　总在
折磨其他的读书人
原因是醉汉还在追问路人

人生　该用
怎样的一纸一白
去水中　捞回那滴
失去了自己一生的乌黑

茶让生活返回了内心

这世界没有什么力量
比茶　更加让人
回到自己
久别重逢的内心

累了　就选择
一杯可以看见对方
又能照亮自己的茶
让灯红酒绿的市井
与退回内心的小路
各自回家

一个人　要想
跟体内的那个自己
和平相处
不妨沿着开心罗汉
从里到外
打开的那一樽微笑
去看　一只茶壶
是怎样带着一群茶杯
在过　拖儿带女的生活

酒可以让人
对着自己的胸腔咆哮
而茶　自始至终
让你心平气和地活着

我们走错了地方

我们被幸福牵着
走错了　放牧的地方
在一片浑水中
没顶　我们抓错了
那根稻草

要去的天堂
闭上眼睛满目都是
可向上的梯子
够不着　流星的光芒
想见的亲友　就在
一层土的外面
回头　我们
变成了谁的荒山

我们小鸟一样
在体内　找不到出口
自己跟自己相遇
翅膀总在撞击
那层透明的玻璃

我们是上帝的私生子
一生离不开造化的拿捏
神说　放低一点屋檐
让白云和天使先过
回头抬高一点鼻梁
用双眼接住他的目光

生迷死惑

你看那远天远地唷
是不是你的乐园
你看那金银财宝唷
能不能做你的情人
你看那生死父母唷
还能为你熬住多少岁月

生迷死惑的歌声来去自由
自由来去的歌声在寻找自己的口型
生迷死惑的牵挂　内外结满血痂
内外结痂的牵挂在抚摸自己的伤痕
生迷死惑的灵魂无处安放
无处安放的灵魂神秘中
取走　自己的咽喉

失语多年我相信
烟雨中的另一个自己
在西得很西的地方喊我多年
多年喊我的时空中
我看见圣水上的暮色
被人钉得锐不可当
耶和华身上的慧光
将一一戳穿
我们　用烛光虚构的朝霞

朝霞让嫦娥做了件时光的内衣
而吴刚们只好以暮色为床
睡在别人留下的体温中
我听见一些受伤的名词
沿途向自己的末日叫苦
而另一些无助的动词
在体中跟失控的来路倾诉

问这三月的幼苗
向谁讨得一滴露水洗衣
问这六月的花蕾
向谁讨得一双眼睛喂奶
问这九月的生果
向谁讨得一角坎肩出嫁
生我之生呀死我之死
你怎么默认一朵花的遗弃
又如何独对一棵大树的苦刑

苦刑加身的道人
把采丹的经文炼得又黑又瘦
而十字架下的那个犹大
把圣歌念得蝴蝶样飘扬
开口是长风吹瘦的仙骨
闭口却成了奔流打捞的凡胎

胎中的人子唷
生可撇多轻
死可捺多重

轻重在撇捺的生死中
谁还在意穷尽
天下之水的那杆羊毫
挥毫泼墨的陈子昂今日醉卧何方
何方的远天远地
何方的金银财宝
何方的母子岁月啃

黄金的罪恶

我要以泪水的忏悔
去救那些　玩丢了
门牌号码的黄金
我要用起义者的灵魂
打倒那些　吃喝玩乐
而又猪狗不如的那些白银
然后　我将回到
女儿之身的体内
替刺绣找到线头
给猪圈打回猪草
那样　才叫女孩

我还是女生呀
父母无法企及的门环
等着我和弟弟去摇响
是命运多舛　还是
黄金之城的罪恶
不等　走出校园
我便做了　比父母
还老的那些男人的女人

这是一个从贫穷之中
华贵转身的时代
而我　却背对自己

贱卖自己　弟弟就可以
比父亲活得更像男人
贱卖自己　妈妈就可以
扔掉拐杖
笑着去土里见到外婆
贱卖自己　那么多的老孩子
就可以返回异梦的床上
和另一个女人　守护
一场无爱的亲情

都在和谐相处
为筑一座黄金之城
而我　卖掉自己
只为给好哭的灵魂
穿上一件不怕冷的新衣
一团热肉　给了那些
天天喜酒夜夜新郎的人　取暖
而我早谢的春天渴望解冻的一把刀子
为我剃度　活着的亡灵

有钱无钱的孩子
为了寻欢　才去
猪狗不如
一代又一代失足女子
用纯贞消逝的痛楚
看见　黄金荷载的罪恶

长烟短酒

1

迎面而来的河
左右不见岸
烟是一种岸
酒也是一种岸
沉默　是烟的岸
克制　是酒的岸

2

没有桨了
划燃一根火柴
没有舵了
端起　一只酒杯
左手让无声靠岸
右手让忍耐抛锚
是谁喝懂酒后
做了　皇儿的干爹
又是谁抽懂烟后
喊亮了　发黑的太阳

3

走完一根烟的过程
谁看清了　风水轮流转
喝干一杯酒的豪气

谁体验着了　皇帝到我家
嗞嗞　嗞嗞　谁家的真理在落泪
咕咚　咕咚　哪个的信仰在嫁人

4

面对死去的烟头
谁的手指
忧郁成　几根哑默的弦
跟受伤的心灵对话
面对风干的酒杯
谁的烈酒成良药
那些下肚的火焰
怎么让牙关紧闭
让良心出膛

5

烟的风帆下
哪几根象征权威的白发
在谁的头上　压迫一群
活得潦草的刁民

酒的船舱里
是谁看见掉进杯中的自己
夹着一根抽打权贵的尾巴

给一颗眼泪加刑

在别人身上，这颗泪也许会变成一枚舍利，而在我身上命定是一块制造伤痛的结石。

——题记

1

你是我　收回
体内的一颗眼泪
在世人　没有
把心窝当成住所之前
你别想翻出我的眼眶

这是一个华丽转身的时代
你一出门　就形同
风干已久的热血
在人群之中
挖开了　那个
被时光深埋的伤口

你可以上下伸腰
但不要胡乱叫门
为了让人间烟火
在我身上　逶迤不灭
你要把自己修炼成
一颗露水　照亮

春天那样
点燃我　一腔
陡峭的血性
体外一望无垠的四方

2

在我漫卷黄沙的体内
走南闯北　不要像
憎恨门窗的囚徒那样
无休无止地
给我　制造伤痛

时代的马帮　正在
为一个醒来的黄金帝国
夯筑粮草
你要为自己和儿女
修筑一幢　积谷
防饥的粮仓
大地上的飞歌
已替大唐
拔出了　李白的佩剑
你出征的江山
是否追上　杜甫的草堂

3

这是一个助长赘肉的时代
而我　只能让你
苦刑加身地独对自己

这是一个难以用法典之网
在人流中打捞道德的时代
那么多的歌舞升平
为何　不及你来
拯救我的苍白
这是一个铜臭四溢的年代
有多少折断翅膀的天使
在背对自我中
用灵肉　敲打
金子银子的走向

有人　不修一间猪圈
身上挤满了一屋的猪仔
有人　不拾一根稻穗
一年四季饱嗝冲天
有人丢开老伴去咬孙女
还想　这叫幸福敲门

这是一个　急需
自我招魂的时代
有人以换筑城墙的名义
在刨　别人的祖坟
有人以优化人种为由
贩卖或灭除　别人的后代
有人　为了早日投胎
去撞别人的屁股——
香的是地沟油
艳的是胭脂肉
不香不艳的问题奶粉

为了黄金之城的黄
为了白银帝国的白　都来
朝我和人民的村街投毒

这是一个　让信仰
沿街乞讨的年代
有人进出红门
让我　从他很水的身上
看不到旗帜的倒影
有人闪入黑夜
出来时　浑身横眉
酷得让迟来的黎明
无法从他身上
读到　道场的义信
有人不红不黑
在一只　老碗
和生殖器之间
矮着　自己的人性

4

不要因别人　改变了
自己的进退
你就用白内障来
敲打　我的门窗
体内的埋锅造饭
有时是　怕饿死
体外的水木年华

我们将提速的车辆
倒进体内　是为了
解放筋骨
保卫肠胃
但我们更需这匹
时间的烈马
替心脑的出路
背回　做人的良知
我们共筑大厦
更须让有血有肉的泥土
搂紧那些大小不一的石头

在两眼　涌出
大江大河之前
你是我　打理
家道的门童
为了让灵魂和肉体
和睦相处
白天　修桌整椅
腾空庭院
夜来　会有一封
从汉唐寄回的家书
收集　你的瞌睡

看我　翻耕筋骨
如何用深埋的雪山
喷出　火红的水响
看我　开仓济世
怎样以自己

收回体内的头颅
不屈中　喂活
仰望而来的苍天
看我　胸门大开
让寻找家园的上帝
吸到　干净的空气

5

抖去　一身浮尘
呼啦啦地来
拖着一身泥泞
又往事悠悠地去

在没有　赶上那趟
可以让人生
来一次　井喷的尘缘
你我就要像矿工
跟煤窑一般
深挖中　达成命运的和解

挖吧　掏空我
积压在热血和骨节之间
所有的奔涌和时光
哪怕　竹篮打水
水底捞月
在我守护心尖的檐下
你可以　醉出寻盏
大唐李白的月光

怎么波峰和波谷
都行　在别人
递来心跳之前
你不能　弹出我的眼眶

我们鼻青脸肿
背回了　太多的去向
有一颗滴穿自己的苦楚
漫过大地的膝盖
冲垮苍天的鼻梁
在一具时光的腐尸中
给我们灵魂的冬天
备足　燃烧的干粮

给一颗眼泪加刑
我守住了　谁的四方？！

失败之神

1

从四面八方　赶回
自己体内小憩
那么多放下盔甲的神灵
围着我　打听
地球村上
大山大水的来路
为何　开合出
那么多的苦难
小虫小蚁的去向
明知死亡　在等
自己去赴约
生前　却活得
那么劳命奔波　那么津津有味

2

我所独对的城乡山水
和一首歌谣
从我的身上　背进
背出的呼吸
有人　称他祖国
有人喊他祖先
在祖国和祖先之间
那么多的庙宇和教堂

活在我　体内的云端

脚下是土的日子
头上是云的春天
让我胆小如鼠的一生
把自己无法　搬出
体外的过错
当成了　神们魔们
坐过的秋千

3

为让族人把香火
亮得更远
有人把路从自己身上
拔出来　做成
子子孙孙的去向
为了让生命走得更长
是谁　把一场苦役
收回之后放进我的体内
让梦想和现实
一生无法达成和解
我看见　跟众神
平起平坐的那些亲人
为村口　砌着
阳光和月色的来去
为了家门的安宁
贴上　一幅幅静立的门神

在一首歌中
我是我的祖国
也是我的祖先
不信　请你带上
我的前世和今生
去问史上　活过的那些城池

那么多的部落
歃血盟誓　对酒当歌
只为最后放下
自己部落的图腾
去拥立　更大的君主
那么多的门庭
断袍取义　结友金兰
从刀鞘中拔出怒吼
直点那顶　乱世的帽子

4

为了糊口　有人埋锅
为了造神　有人
让自己的本性
更有理由地改嫁
有人撕下自己的脸皮
只想　给内在的灯塔
遮住过多的伤痛

你争我夺　那是
体内的困兽醒来

咬了　世风一口
敬畏生死　那是圣人
回头瞅了世道一眼

那么多的失败之神
围着我在讨伐
只为一个安身立命的出口
我所认识的众神
左脚迈着高坛一样的步子
右脚迈着魔咒一样的渊薮
在神和魔的中间
从头到脚起伏无限的
是丢了又失的一种人性

5

那么多的失败之神
在我血与肉的昂立之中
寻找　还乡的村口
他们击碎祖先
存在我体内的法器
只为让天地听见
从故乡到天堂还有多远
他们从我的喉结之中
取走　先祖的歌唱
只为让山上的碑石
静出一寸　安魂的乡土

那么多的五谷杂粮

人自己的体内
给神的生日　背回
良辰美酒
那么多的感言和颂辞
替那些信男信女的饥渴
独对一只　不醒的酒杯

6

那么多的失败之神
学着世人拆屋建房的样子
在我的体内
把一首歌谣敲得如此动听

这让我对着苍天
喊得又破又陡的秋风
去想　谁是
谁的造物之主
又是谁的求败之神

这世界的步子跑得太快
就像我在丢失来路一样
不敢去天堂中找到自己
因为我的祖先比宇宙还宽
加上我的家园比灰尘还小

我所认识的失败之神
在体外敲得最凶的好个
原来是梦中醒来的自己

苍天看见了什么

1

看见时光　鱼鸟飞翔
看见大地　风吹牛羊
看见村街　一片匆忙

内眼大开的苍天
看见自己　风景起伏
　无际无疆
千山万水
莺飞草长　看见
一个地球山庄
无处不是　人类的伟大和荒唐

那么多的苦难和挣扎
让一个少年　从一碗
养命的米汤出发
一生只为抵达
老有所养的一袋钱粮
那么多的索要和哀求
让一个老头　从一口
四肢无力的棺材出发
双眼朝上　丢下皮囊
带上灵魂去追天堂

可怜的人类
可悲的众神
让天国的悲悯　在看
——传宗接代的人
打开子宫　接回
炊烟山村和城邦

2

看见　一个人
头上的白帽子白
脚下的黄土黄
看见　一个人
爬上十字架
长成了大教堂
看见　一个人
剃尽一头黑发
去救一些落水的灵魂

看见一个李聃
骑牛过函关
丢下三千个汉字
别人把它砌成了院墙
还有一个仲尼
借三千弟子的目光
在想　勤劳的人
怎样打开饥饿的双手
去问大地　和食品的去向
读书的人在一盏

　苦灯之下
成不了龙凤去叩拜祖坟
又为何钻入发霉的字堆
做起一个　顶天立地的书虫

书虫书虫
一支羊毫踩断双肩
一张白纸踏扁鼻梁
白天　暴晒先祖的尸骨
夜晚　重挖后世的炎凉

3

种上那么多的五谷杂粮
填不平　饥饿之心
造出那么种货币
只为去喂财神的眼睛
写下那么多种文字
不敢去记自己的罪恶和无知

盖出一个博物馆
让器皿和字画
在收集或掠夺之中
解读文明那张老脸
筑就一座动物园
让孩子的天真和无邪去看
在保护或掠杀之中
人类驯化了自己多少天性

那么多无辜的白骨
长成一些　让苍天
痛得失语的纪念碑

小伢过家家一样
扎堆扎出一个
又一个大利益
小视野的联盟
掏空了别人的家底
然后睨出眼睛
示意　那个人种太穷

造出一个大总统
朝野内外闹哄哄
守猎的弓弩
从那只茹毛饮血的手中
还没收回　禽们兽们
便惊恐地看见
同一地球山庄的兄妹
冷血冲天地　亮出
足以让人类和万物自毁的核弹

苍天的心上
长着一滴　不敢
让众神回家品尝的眼泪！

4

那么多的飞机飞艇

在拦截鸽子和天鹅的去向
那么多的舰船和潜艇
在吹折巨鲸和小虾的翅膀
那么多冲天而长的烟囱
在藐视大好河山地奸污蓝天
那么多养家糊口的矿工
在泥土深入敲打大地的骨头
那么蚱蜢一样对着陆地和海洋
点头哈腰的钻井
在榨取　大地深处的骨髓……

到处敲敲打打的我们
狂热而内心制造喧嚣
用一支录音笔从乡野中
窃走　鸟语和蛙鸣
还以为是天堂之上
做清洁工的贝多芬阿炳
替苍生扫回了天使的清唱

看见　一个青铜时代
死成了村后的山冈
看见一个白银帝国
塌成了村前的池塘
看见一个抒情王子
青蛙一样扑通扑通
在人生一蹦苦短的山谷
为时代打开了忧伤

看见刀叉尖

看见筷子长
看见一个石滚在乡场上溜溜转
看见一方禾场睡满了瘦瘦的麦娘
看见一匹　有血
有肉的秧马
四脚爬满了蚂蝗

看见自己有一双眼睛
左边的叫月亮
右边的叫太阳
叫不来名字的星云之星
是苍天献给万物的衷肠

单　弦

1

其他的发声部位
一一被别人的肺叶占据
在一根弦的弥漫中
把自己　默默挽留
它将照耀我的今生和来世

从种子钻出泥土
到稻香淹没了一种饥渴
我始终不遗余力
将自己的音符
滴给别人　去收藏露水

在自己的声息中流年
天地之间的生机
用一条　熄灭的声带
你无法打开我的肺腑

2

现在我在自己的身上
大地恩赐给人的呼吸
就在这根弦上
在肝胆中结索而行
有一曲穿越灵魂的天籁

向我打开　感动已久的花蕾

在风中　我探着步子
穿过那场夜色
我交给天地的泪水
感动中　认识
你的眼睛

你手上的音符
正在借着蛙声
敲击稻穗的光芒
在一根弦上蒙尘
我无法替你安抚
那双　饥饿的耳朵
现在　我仍在
自己的弦上
起居简朴　声息低微
我酒后　扣在杯中的泪儿
你还没有认出
那是我的真唱

3

在十指之间打开劳作
和假声一道
去着陆　别人的口型
你无法听见
我眼里的那些天籁

和众多　被大地
吹断了指纹的人一样
我经不起沉默的流动或吹拂
在一曲空荡的合唱中
体内这根孤独
是戳穿假唱的一根避雷针
出于友情我准备
向你泄漏大地和天使的声音
不知　从何方
伸来一根断弦
抽走了我的那口真气

4

想一想　阿炳
手上的两眼
浪迹的月泉
便可以找到我的赁居

声与不声　这是
七个姐妹的宿命

别人用一座虚无的剧院
怎样终止我的出席

在一堆瘪谷的乡愁中
我想　别人的耳朵
无法愈合我的胸腔

对不起了　我在弦上
穷得只剩下十根
透明得无影无踪的手指了
我的听众在我体内
打开了所有的眼神
只需一颗流星敲门
便开始　人间
一屋一灯的歌唱

痛点：一次闪亮无边的打开

1

一次闪亮无边的打开
向命运之中
我的另一个时代
打开爱恨　生活
打开爱恨　悲欢
打开我心尖尖上
无法用粮食和布匹
将他们　养大成
山峰的三个儿女

还有他们　苦命的母亲
一个用贞操和隐忍
供奉三座　让她感到
无法走向高处的女人

离异后　她是我的亲人
此刻　我只能够
跪在自己的体内
向亲人和故乡诉说
漫无边际的生活
就是我不堪一击的命运
也是这种命运的晃悠
让我背弃了　我们

用十三个春秋的来去
精心呵护的那些日子
就像老家的田亩
抛弃了我的躬耕和仰望

邂逅自己　在朝圣
灵魂和爱神的异乡
我听见　失去自由的太阳
在无边辉煌的体内
一一打开自己的光芒
我看见　弱不禁风的黑暗
为了感冒深重的这个冬天
在收藏苦难的门窗
一轮时空的冷月
在今夜　向我打开
一座升向天堂的旋梯
她让我　看清
无所事事的大地
除了孤灯的寂寞操守
处处　弥漫着
悠悠不息的寻找

这是一个助长赘肉的年代
这个年代的一腔正气
只在英雄的体内
搬运言不由衷的肺片
此刻　我只想
向我的亲人致意
我的一无所有

是人类仅存的尊严
我献给大地的泪水
是历史和祖国的黄金

2

行色匆匆
那么多的路在向
我的山城走来
那么多的往事
向忧伤的双脚
打开车灯　斑马线

一杯酒的祝福
足够让一盘散沙的王朝
打开自己的中心
孩子　正月初八
你怎么不回家去
打开汗水和雪花
母亲为你打开一桌
迟迟不肯散去热气的年饭
孩子　我在只剩
一斤面条的赁居
为你打开那套
名叫西装的衣裳
在一滴　男人无助的泪中
孩子　我看见
你命苦的母亲
用一滴处女的热血

喂养三个叫饿的儿女

孩子　校友把无名的仇恨
倾轧在你的身上
你伤心的泪儿弹孔一样
洞穿　父母的心灵

面对浮生　孩子
我只有一颗滴血的心了
除了　提醒自己
大声一点做人
我无法叫醒我的
另一个时代

酒　令

1
只需一只碎后的碗复活过来
我们就可以席地而坐
然后,那些被人喝过
而又还原为酒的液体
会在一只时空的碗里退席,留香

你是谁,谁是我
这不是当务之急
重要的是我们可以
随心地喝天,喝地
喝我们,相隔几个朝代
也可在一起共饮的心情
我们彼此泛滥,互为充盈
你不在世时我在替你活着
我活够了还可以让你还魂

2
我们喝天,不知别人
用什么样的蓝去打开天空
我们喝地,也不知别人
用什么样的阔去发现水中的光芒
我们喝一喝孤灯下的自己
也不知道是哪一只

放在体内的耳朵
在听千言万语中的沉默

你说,你数过的星星
在我肩上,背不起
一颗世俗的灰尘
我想,如果在你的灵魂中
打坐,我也会无力放下
体内的汗水和骨气

你问我,是谁在碗中
仰起临风的悲喜
不说那句——
我以我血尘封我的酒量
你问我,又是谁一口吞下
人间的苦乐,一碗摔出:
我以我酒照着我的灵魂还乡

3
我们相遇,是一只
东方黑陶的宿命
在命运的跌落中
是你退回酒中的飞翔
让我再一次接受暴雨的袭击

不用把耳朵放回原处
你头上的声息
也会一声紧似一声
若是掉进我的声带

就会变成一些无家可归的脚印

现在,酒中的路
替我树起了通向你的云梯
可我在自己的肺腑中
掘地三尺,怎么也吹不熄那盏
让暮色和朝霞同时出现的孤灯

你说:好酒如血
我想自己会不会
是这血中长大的蛮夷
其实,酒的高度
就是你射日之时
打开胸膛
接回嫦娥的高度
酒的宽度
就是我的望乡之神
在隐忍的胆中
织出阳光千里的宽度

你也知道,好酒知人天命
我是这属相之中
忘了带上自己的客人
在醉中,我可以看到
一清二白的悲喜
在感念和恩赐之间
给你备下了一碗
　比天还空的乡愁

4

酒天，酒地，一壶装下
大苦，大乐，一口吞完
当天地在化育之中
把你含成一颗
酿造生死的酒

你可以用一壶春风的荡漾
祭祭那些扣在我坟上的瓦罐
我也可以用一碗招魂的秋雨
去稀释稀释你在世时受过创伤的心灵

我们翻过谷子的山
　越过麦子的岭
酒中的天为你备下醉卧的白云
酒中的地替我放出了起伏的牛羊
你把我的一生为何喝得那么苦短
我将你的一世又怎么吐得那样悠长

我们互为照耀彼此熄灭
我身上的河在你血里
注定要走向风干
你背在背上的山
晃动中，一不小心
便轻轻移到了我的身上

残缺的风景

她和儿子
站在光秃秃的山岗上
月光以变形的角度
把母子俩构成一道
孤独的风景

十几年前
她跟那岗树们构成林
南方　季节疯长
树林疯长
她也疯长
后来　丛林的繁茂
招来了一群
青春疯狂的年轻人
一个伐木工
伐完了最后一棵树
便伐倒了她
待她爬起来后
那惨痛的伐木声
把男人伐到很远
　很远的地方去了

站稳后　在儿子的
猛长之中

她苦胆内摆渡的爱恨
在她眼里搁浅了
十几个
春　夏　秋　冬

不久　村委会搞承包
她说她要承包
那一岗荒芜的后半生
心想待到满岗
　林荫葱葱
兴许会招回
那个被岁月伐去老远的伐木工

在低处

在低处一声
失踪的鸟语
可以集合所有风中
仰望的鸟巢

想哭,哭不出声来的云
走在宁静的水上
像是找到了没有止境的家

水流到人的身上变成了血
血躲进泥土之中变成了花朵
在人和山河之间
回家的渡口
掉在了大雁的叫声后面

在低处　向大路走来的
是草的沉默花的浅笑
太阳背走月亮的那天
一只从壳里
走出的小鸟
挡住四方漫步而来的炊烟

在低处　高是低中
向上攀登的倒影

没有露水回光的返照
人的重量　背不起
一根向上的羽毛

谁是时光的对手

时光其实用不着眨眼
一个人用过的襁褓
会变成另一个人的坟墓
在这场跟命运旷日
持久的苦役中
谁是命运和时光的对手
这么大的一座闹市
在用喧哗中的废气
把行色匆匆的楼群
吹向古堡一样沦落的自己
那些从红唇中
逃走的山歌
在一代代高楼的拥挤中
寻找失去声带的歌手
活在山歌和山歌
被风吹走的胸膛内
忧伤是昨天和今天最好的听众
而所有幸福却成了自己
一世寻找自己的敌人
在血痂和泪痕
尽情放歌的沉默中
老态龙钟的歌手
将和夕阳下的自己
从此势不两立

纪　念

把住宅当成胎盘
和体内体外的呼吸一起
静静细听母亲的心跳和泪花

让歌声　回到失语的声带
在心尖尖上守望儿女
把来世的欢乐一一抚摸

纪念一个人
千万莫让他发觉自己
不然他会把生看成了死
又把死看成了生
然后他会从锁定生死的碑文中
冲出来抱着棺材里的自己
痛痛快快地哭洋洋洒洒地笑

给梦找一个出口

我要　用我身上
到处寻找出口的梦想
敲破盛装我的　这张人皮
我要为我体内
埋了一生一世的声音
找到一只　可以装下
苍天和大地的耳朵

我是我的瞎子爷爷
说书时　铿锵之中
用敲打叫醒的一面手鼓
他说　比鼓声
走得又大又远的声息
是远方　回过头来
　拍打村口的心跳
在人生和梦想　生死
轮回的双向抗击中
比天鼓　悬鼓　石鼓
腰鼓　一面面敲打
喊得更加回荡和失聪的
是炳阳这面　拨浪　拨浪
　咚出趔趄的小鼓

那些敲痛野火的小草

还在为大山的心跳
守着　一滴露水
那些隆隆生香的花儿
还在替大水的奔涌
纵跃　尽头的远帆

我童年的歌谣
还在城市和乡村之间
为了一碗口粮
和一本书的朗朗上口
游垄过畈
屁颠　屁颠成
一书包的祖国和江山
我饥渴和忍耐之中
眺望的彼岸　已是
耕读传家的抵达
在不愁衣食的生活中
操守　无为或清贫
这颗素心
我却不知如何安顿
体内　将声息　掏得
无处藏身的乡愁

我要为长出草木的大山
掏出鸟语和花香
我要为背起远岸的大水
掏出浪花和桨声
为高举人话的骨头
掏出故乡和门槛

给看守人形的油灯
掏出心底和倾听

我要为流放天堂的亲人
掏出灵魂和杯盏
我要为他乡的那个自己
掏出家道和门牌
掏出风　掏出雨
掏出生死相依的惊雷
让苍天和大地
听见　岁月的疼痛
在一首安魂之曲的抽打中
我知道　我损去
十个指甲的血性
是为心跳　采回
良药的那把锄头

我拔过自己的懒筋
怎么　救不活生病的汗水
我抽打说过和听过的那些假话
怎么痛死了童年的歌儿
我背过所有的大山
怎么是我的父母和儿女
我踢飞满身的疤痕
怎么是祖上　留下的遗训
我把远方收回体内
让仰望　沿街乞讨
就是看不见白云姐姐
给我痛了又痛的心痛

递来　湛蓝的手巾

我看过　人心的高低
求苍天不要
让风雨把它变成了一地花瓣
我听过　花朵的哭泣
求大地不要
让一只水果盘的介入
把它　安慰成
果子和果子的坟茔

我和父亲的父亲
一样　俯身时
把黑发熬成了白发
几代人穷尽一生的力气
向大地和脚跟问食
怎么从谷子麦子身上
掏出的尽是祖先的骨头

我拍过比空还空的苍天
哪一座　倾听的山谷
是我灵肉的窗台
我抖了又抖　一世又一世
把我埋得喘不过气来的厚土
就是　抖不出
死去和活着的藏家
从我体内　搬走
看破红尘而又
热爱生活的那点诗意

除了体内和体外
那条轻于游丝的小路
在照耀我的敲打
倾听中　我不知道
月亮和太阳
在我的声息之中　还要替我
撕碎多少喘息
面对满世界的七上八下
我更不知道　还要
从我身上　掏出多深
　多大的伤口
让我带着梦想　出门

第八辑：

信仰之光

有无信仰　闪烁

大　可以关乎一个民族的出路

小　可以关乎支撑肚皮的三餐饭香

汶川：我们一起承担

你的泪　我们用
眼窝和心尖来承担
你的痛　我们用
骨节和双肩来支撑
用生命的光芒去照亮太阳
用人性的光芒去画圆月光
用五千年跨越苦难的脊梁
让跌倒的汶川站出自信
让遭灾的亲人返回自己的故乡
那些坍塌的房子
将从我们如林的手上长出
那些鸡犬桑麻的乐章
会从我们的胸腔响起
擦干你的泪　就是
给家乡的山花施肥
抹去你的痛　就是
给地头的庄稼抛洒露水
那些　从四面八方
奔向你的背影
在历史的长卷中
是一幅　水墨长城
你扶起庄稼的双手
会变成历史翻越的丰碑
你的泪　我们用

眼窝和心尖来承担
东方的血管里奔腾着长江黄河
你的痛　我们用
骨节和双肩来支撑
每一个炎黄子孙的身躯
是爱我中华的一座泰山
我们一起承担

信仰之光

1

是什么力量
让九十岁的你　依然
英姿飒爽　血气方刚
那条　可以装下
万里江山的小船
不论浪有多高
潮有多涨
在我　顶天立地的胸腔
始终笑对
人间巨变　世事沧桑

2

那么多人　被一条
岔路逼上了绝境
那么多无家可归的村街
面朝枪口　背对豺狼
那么多草鞋在泥土中
还原为根　用他
露水的晶莹
采集　野火的力量

为砸碎锁链
有人　揭竿山冈

为寻找火种
有人　远涉重洋
为了夺回自由和尊严
有人　走进大理石的群雕
手中仍然紧握那条钢枪

是什么力量
让史书　记住了南昌
是谁抠响大地的惊雷
把长夜炸出一道口子
让我受憋的灵魂采光
是什么力量
让现代桌前那些幸福的碗碟
尝遍天下之肴
为何仍然独恋　扁担闪出的
红米饭儿南瓜清汤
是什么力量
让鲜血　哭红了湘江
那些红遍千山的杜鹃
让一百年后的我
回头读出　那是
祖国和人民的一道内伤
是什么力量
让长征咽下草地和皮带
用狂风塑瘦的身躯
历练　夺命之中
燃烧千里的雪霜
是什么力量
让住窑洞放山羊的老壶口

用我漫卷黄沙的信天游
为了一个民族的存亡
打开心门　吼出走向
是什么力量
让一管眉批江山的羊毫
在油灯之下
左撇　撇走日本鬼子
右捺　捺倒蒋家王朝

是什么力量
喊醒我体内的睡狮
说中国人民站起来
就站出了　伟大东方
是什么力量　让我
一贫如洗的大地
兴修水利　夯筑粮仓
勒紧腰带为爱情砌出土房
为生活去送公粮
哪怕只有几两肉票几尺布票
也要和工人老大哥一样
回去　孝敬爹娘
是什么力量　让我
藏龙卧虎的山川
打出领带　套上西装
坐高铁去天安门广场
看一看　照过
几代英雄儿女的太阳

3

你用过的镰刀　还在
替秋天把汗水和种子收藏
你抡过的铁锤　还在
替远方驱赶路石和枯桩
我供奉五颗星星的天眼
让我看见　是你让
苍天可以不老的力量
在昆仑的肩上　扛着一杆
跟太阳　一脉
相红的信仰之光

有无信仰　闪烁
大　可以关乎一个民族的出路
小　可以关乎支撑肚皮的三餐饭香
如果有声音　说你身上
蒙受这样那样的灰尘
那么　请你替历史和人民
更加圣洁一下
你的　信仰之光

大风之歌

大风起兮云飞扬
威加海内兮归故乡
安得猛士兮守四方

——汉 · 刘邦

1

千山万水地来
又远天远地地去
在风中有多少
纵马飞驰的壮士
在秦腔和耳朵之间
找不到　回家的来路
又有多少因风而歌的村寨
在古道和废墟之上
寻找　还乡的归期

大风在吹　大风要去
吹干一代又一代王朝
从黄卷深处刮出的夜雨
大风驾驭的兵马
早已解甲归田
几千年后从我笔下
出土的一行行文字
可是壮士眼里　藐视中

锈死的一件件盔甲

大风　起于歌声
打开的胸膛
又止于　被歌声
吹得无比锋利的手掌
大风让大地
用呼吸在旗帜上
大风吹熄歌声的飞道下
是谁背着感动中的山河　在走

2

呼啦啦的泥土
在用喘息　翻越大汉
贴在我门上的半副对联
横扫长空的炊烟
在用门环接送壮士
心中　无声无息的泥泞
一个用声带　翻耕
乡愁的人
在泥土深处飞翔太久
兴许不会想到
电视上　临风的马儿
英雄千里
追不上祖庙堂前
被马绳拴出沧桑之眼的石头生动
但是风在歌唱
风在把一个人的肺叶

鼓动成了力扫众敌的沙场

从手持大风的刘邦手上
是谁　看到大汉的基业
在那些上镜演员的表演中
打造着无边无际的　吹动
还有　大汉的骨节
在模拟的刀光剑影中
为坚不可摧的意志
浩浩荡荡地　响起
一不经意　刘邦
在风中望瘦的月儿
在我眼里　无岸可依成了
渭水之上的小船

一只特写之中
呜呜　盛开的埙儿
让移动的马儿
迎面　呼啸了起来
在大汉当道的风口
有谁知道　弥漫中
不是如烟的长安
掉在了大雁的叫声后面

3

沿着大汉　风中
打开的歌喉
我失语的声息

在历史的峡谷中
不知被哪一个壮士的石碑取走

热血的大风
猛士的大风
是谁从我身上找到了
那双　脱下胎衣的小手
又是谁从刘邦的墓前
用碑文读到了大汉的清香

大风是立我江山的天柱
大风是倾我王朝的飞扬
大风是倜傥的君子
用折扇　扇走
多少帝王的脑袋
大风是嘀咕的小人
用斗米　吹折了
多少英雄的飞翔

解开大风的纽扣
我听见父亲
手上跋涉的马鞭
在家书中　风一样
抽响故乡的往事
竖起大风的衣领
我看见　母亲脚下
起伏的歌谣在惦记中
牵回一座座放牧的山冈

义无反顾的风
披荆斩棘的风
大风　在我肩上
是那爬坡的扁担
大风　在我脚下
就是那夺路的草鞋

大风是卢沟桥上发烫的弹痕
大风是南昌城内抠响的扳机
大风是风中吹绿翠竹的铜号
大风是雨中震呆天庭的鼓角
大风是塔下支撑窑洞的油灯

大风是海边画圆春天的手指
大风　是我血中
升起傲骨的远帆
大风　是我肉里
受憋成舵的忠魂
铜锣在大风深处一响
大地便仰起了千万暴怒的头颅
火把在歌声中一闪啃
漫山遍野的石头
在替大风的儿女喊疼

4

扶起千山万水的脚印
在黄鞭的发芽中
说走就远天远地地走了

震撼近山远水的歌声
在大风中一步一步归来
听我大汉放歌的那些窗台
是谁在把母亲的乳头
衔成餐桌上
腐败　不惊的杯盏
又是谁在把父亲的烟斗
呼吸中　品咂成了
那些心术不正的图章
大风无力了　江山
坐凳下的那些锈钉子
指着大风的鼻尖发问
谁是　守耕阡陌的猛士
手持大风的人啃
还我　威猛的力气
大风在吹　被歌声
吹得浩气长存的大汉
在我体内　摸遍了
心跳锁定的大好山河

东方之鼓

1

不冷也不会冷
就像诗国的灵魂
在大开大合的山水中
一步　一步　铿锵而来

鼓说　敲从高处来
敲是一道搏击东土的闪电
从射日后　跪立的纪念碑上
走来　我身上纵横交织的沧桑
就是鼓国之邦
千百年来　笑对风雨的声响
鼓说　敲从远处来
敲是一弯梳洗相思的月牙
从补天后站起的世纪坛上
飞来　我胸腔内
回声不绝的这团血肉
就是我东方之土走向复兴的步态
鼓说　敲从深处来
在民歌和乡风铺就的襁褓之上
是我鼓中的秦砖汉瓦
正在喂养一城一池的步伐
一村一街的繁华

2

敲从大雪泊近年关的腊香中
飘来　那些围着鼎锅取暖的声息
正在抚摸　山河之间的一部经书
牛背上浪迹无边的一千句话
梦境中人蝶共翼的飞和飞
还有　一江浊泪
把我洗得只剩下一身空骨的骚辞
那些天鼓样痛击墟城和墓冈的碑文
在我手上　是醒世的铁骨
在我心里　是忧患的血浆
漠风中走的城唷飞雪下长的阁
哪一腔昂立的热血
不是让我　东方的浩气在闪

敲从顶天立地的酒气中
扑来　在我和诗神相遇的古道之上
它给苍生递去一根根救命的石针
一瓢瓢救世的稀粥　还有一篓
一篓　从枝上采回救心的豆红
敲从惊雷中迈步　响从呼吸中醒来
敲是果子和果子
在沐浴飞翔的枝上
用叶儿　吹红比斜还斜的风
用花儿　吹瘦比细还细的雨
最后回到苦难的根部
溅出一声仁慈的共鸣

敲是火镰运送火石时背出的烈焰
给人间背回一根支撑岁月的狼烟
是敲和敲照着我的月亮之母
采回一朵呵护饥寒的棉花
照着我的太阳之父
在夜色中　捕回浪尖之上的远岸
如今吃着鼓声长大的我
在历史的夹缝中
不知道用一条怎样发音的声带
扶起那些让鼓声吹冷吹远的亲人

敲从胎盘中传来
是哪一位漂泊的亡灵
用胎血　画出了天干中的地支
又是哪一位迷路的游子
用一根牵着故乡之响的脐带
弹出　地支中的五行
三十六天罡唷七十二地煞
当窑火从我身上汲走天水的时候
你可听见　是什么水声
在掘井人风干的脸上
敲出灿烂的波纹
还有　供坛之上
那些豪气抖擞的祭品
你可知道是一滴
怎样破膛而出的热血
拍醒我和天神一香千年的鼓眠

3

在槌木敲响鼓木
世纪惊动世纪的节拍中
我想　是手茧之苦灵魂之痛
撞开了东方第一扇曙光

神农的舌根容下百草供奉的百毒
我九州的药堂才在世界各地
敲出　救命的药香
尧舜放下了　切肤之渴
我东方才敲出泽及万古的民风
大禹用一腔大爱捉得住两滴
回家探母的热泪
我万古江河才绿了大水两岸的摇篮
我文王吞得下和吐得出
别人用他的亲生子做成的肉糜
大地的呼吸才敲断纣王
那身失性的劣骨

敲是一颗滴血的心脏唷
我人间文字　才看到了
大悲大爱的血肉华章
赢政在万民咚咚的肩上
一响那根铁统七邦的鞭影
马俑在自已的背上
才敲出了雄风万里的长城
两颗睾丸痛失了我人间的司马唷

东方才翻出一部
让血泪　归隐的《史记》

敲是父亲手上含化了的槌唷
淡去母亲两眼潮起潮落的忧伤
是孟德登临东海之滨的两行浩叹
三分定国的风光才敲响了两晋的荷包
大隋在腐化中不挨瓦岗寨三大板斧
魏征的心跳怎能震醒大唐江山的龙帘
太白要是上岸陪大唐饮下那口苦酒
李煜劈过江水的斧柯绝不烂得那么快
烂了就烂了　一页页贞观大治的手温
多年之后　怎么
还在痛批几代王室的朝纲

敲是生命在脚尖上
敲响一种跟宿命抗衡的走向
我人间歌声才量出黑暗的深度有多长
是陈桥那件欺世的王袍唷
大宋才丧失了江一样北去
又水一样南了的江山
忽必烈想把回流的那段黄河
吼成　撞击西风的马蹄
在一位现代诗人笔下
才讨了个射夫的雅号
伯虎在佛座下卧成一盏狂饮的花坞
显祖的折扇才摘下了大明体内的虚火
大清流失在外的财宝
在别人手上　抢不走

我东方采撷的丝绸之路
民国跌倒时的一槌阴影
在历史的创口上捂不住
我莫高窟裂开的文明
一群高举真理的人
用一根西方大胡子的慧根
敲红我　东方的地火——
惊天动地的鼓点
在唤醒　大片大片的山河

4

飞烟的鼓唷流汗的鼓
冲刺的鼓唷追魂的鼓
鼓手将身上冲天的豪气一抖
肩负九州之敲的壮士
一一扑向
那杆　迎风怒吼的战旗

鼓声　从祭坛出发
在大山大水的胸腔中
响了一个又一个鼓圈
然后回到鼓手和鼓手的心中
让我九州大写重于泰山的
那个部落为什么招展
让我东方轻诉轻于鸿毛的
那个部落是怎样不能飘扬
咚　咚　咚
鼓声　推倒一堵又一堵倾斜的城墙

在我肩上　一头撞断
那根让苍天心痛的柱子
鼓声　掉进一条又一条护城的血河
在我声带上仍然举着阵阵求生的呐喊
隆　隆　隆
鼓声在头顶上一立
震断我　多少远处齐天的铁骨
鼓声在脚尖上一闪
卷走我　多少笑傲中高昂的头颅
鼓声在我眼中流出了咚咚的火
鼓声在我口中喷出了隆隆的血
鼓声是我笑中问天的那只酒碗
鼓声是我哭中抓土的那根枯肠
鼓声是我东方母亲
心头起起伏伏的肉唷
鼓声是我妻妻子子的九州
掉下　又捡起的魂

咚咚的敲唷隆隆的响
在鼓起鼓落的鼓浪中
是我敲击东方的双肩
在扛一管　喷薄欲出的长矛
咚咚的追唷隆隆的赶
是我人间东方之敲
把壮士和壮士的肋骨
拧成一根又一根救世的火把
点燃肋骨的敲唷
照着壮士的子孙
给我东方踩回一条

让心灵回到脚上的康庄大道
背着一滴热血的响啨
让我九州跨出漠风的驼队
用铃声　听出那些
怀抱尸骨的鼓丘鼓塬

5
鼓乐潺潺　是一滴怎样飘动的天水
在泥土和汗水之间
浇活破土而出的炊烟
鼓韵茵茵　是一棵怎样跋涉的地草
在犁耙和仓廪之间
踩响　春风和秋雨的阳台
鼓道苍苍　是一声怎样进退的声息
在人和影子之间
呼出　曲曲折折的血脉
坎坎坷坷的骨头
不会冷啨也不可能冷
鼓是我东方诗国的灵魂
在大开大合的天地之间
一步　一步　回到万鼓齐鸣的肩上

人之书：葱儿青豆腐白

1
翻开这一页书
上了天堂的父亲　在梦境中
用他做人的那根肋骨
点燃天上的北斗
让醒来的我　陡然
想起淮南王刘安
在一座豆腐榨盘前
把做人和为官的一些道理
榨得又嫩又白

之后　我大地一样
仁慈的母亲
在院墙内
用漏水的那口破缸
盛土　栽上一些
可以为人脑供氧的葱儿

葱儿青　豆腐白
年饭桌上　香传
千年的看家菜
让多少走南闯北的儿女
在他乡勒紧裤带读书
打开　毛孔排汗

只为一句祖训的操守
——清清白白　做人

2
葱儿青　豆腐白
清清白白好做人
——这首　奶奶
用一双小脚从摇篮中
把我摇大的民歌
像鲁班　那根
丈量人间的五尺
在六道轮回中
丈量我　赤条条
用哭声打开的来路
让两行送别之泪
牵挂中　扶我
奔向逐日中的远方

从牛背上　跳下来
待我卸完陈子昂　留下的
那身反骨
我才蓦然　发现
另一个发迹官场的自己
在瘦得皮包骨头的体内
打开欲壑　装不下
那寸栽种黄豆和香葱的泥土

奢侈是一面　让人格
变去形儿的魔镜

堕落　是一根
让人在安逸之中
失去自由的紧身索
白白的豆腐唷
我怎么成了　什么都吃
就是不吃亏的那个坏家伙
青青的葱花儿
我怎么是　什么都要
就是不要脸的那个我

3
那些烽火之中
落地　临风为草的反骨
率领江湖之上
兴风的鱼　作浪的虾
撬开我欲望高悬的喉结
在深处　讨伐
装过它们的那只胃
——你吞过多少　人民
为一座江山的昂立
肩挑背扛的血汗
又装过多少　朝野
开仓济民的那些果实

那些痛定之中　齐天时
临空炸响的反骨
大鹏一样　叼回我
迷路的心脏
忏悔中　疗伤一般

去林中　拍醒一些
被猎枪哄睡的飞禽
田野上　唤回那些
已成人间往事的猪马牛羊

马儿欢　牛羊壮
鸟儿在飞道中
叽叽喳喳　歌儿忙
是谁　跪在人民
扣响扳机的枪口下
不敢　抬头去看
父亲坟前的那碗菜——
葱儿青　豆腐白
吃着祖训长大的那个自己
怎么　就忘了
清清白白去人了一场？！

4
是谁　借我一双
支撑良知的诗眼
在历史的地平线上
一望无垠地看清
千儿八百个　拔地
疯长的败家子儿
在砍刀吹人头　凌迟
串九族的那轴黄卷中
纵然　面壁至死
却无法读懂
出生包文拯的前后三日

水土迁徙　浑浊的黄河
为了那首青葱豆腐拌出的民谣
我人间九曲黄河
为什么　清幽亮底了三天？！

打倒腐败和惰性
千百个好逸和恶劳
在门神的驱赶之中
会丢下千万个上学的儿女
背起学着做人的书包
在田埂上　传唱
葱花儿青青
豆腐仔白白
杀了　糖衣炮弹
灌醉的刘青山张子善
怎么又冒出一些胡长清成克杰
敢以他们　不长
记性的脖子
去拭　盛唐爱将
尉迟恭和秦叔宝
怒目　挥洒的胡须

那位　在汉魏诗中
以三声　“噫”叹
喊瘦了一道道山梁的先祖
住在一首天钟常鸣的诗中
过着　白云
一朵一朵的生活
偶尔撞见我　用一颗他

顶天立地的头颅
拷问我生死两难的选择
——有谁知道　为了
让那道看家的菜儿
多少餐桌　点错
菜儿的小路
有多少只有葱儿和豆腐
去撑　肚皮的亲人
恨不得从毛孔中
长出如林的拳头
冲向　那些贪得无厌的家伙
可落地生风的击印
回过头来　重创了
一日三餐三餐九碗
顶天立地的腰背　么办？！

葱儿青青豆腐白白
有几颗黄豆　不知道
自己一生一世的晚节
是那身方方正正
做人的：白！
又有几棵葱儿
不知道自己
埋在地母供奉中的脚丫
不是根儿细细的：白！

5
翻开了这一页书
我已经　让另一个

转过头来的自己
投胎　回到体内　做起
一个安身立命的诗人
耕读为本　和善传家
我体内的风风雨雨
正对　水木年华

葱花儿青青
豆腐仔白白
这道看家的大菜
歌声中　让我
不敢忘记父亲
和那些住进纪念碑的人
用闪电　刻在我
身上的那一撇

母亲以地火　熊熊
焚出的那一捺
撇捺中　人人子子
大写的一个人字唷
面对　被内伤击中
倒地成丘的那些自己
我用傲骨高举的两行热泪
在遥遥无期的体内
不知道去送给　哪个朝代
清清白白做人的那些亲人

葱花儿青青
豆腐仔白白

葱花儿青吗
豆腐仔白吗
那位　坐在荷花上
写诗的仁兄
我小时候　不听话
父亲要我用手告诫自己
那双　调皮的耳朵
扯呀扯揪呀揪
一感到痛了　那双不敢
重惩错处的小手
轻轻一滑　便躲在了
父亲别想看见的身子后头

要让葱花儿青
要让豆腐仔白
重击不清不白做人的那双大手
必定叫：历史和人民！

我相信所有的白天来自天堂（代跋）

我相信　被人们
爱过的那些小草野花
还在田畈和坡地上
替我的故乡
幸福地传宗接代

我相信　被人们
疼过的那些树木
变成门窗后
跟山川一起守候
我童年的那幢土屋
我相信　唐诗中
活过的那些诗人
还在歌声的来去中
等着让我背去这身
日渐衰老的骨头

我相信　所有的白天
——来自天堂
你在天堂上
洒下的每一滴雨水
我和大地都收到了

我相信　众神
在我无边的体内
掏得只剩下
爱恋和不舍的时候
我带着自己的影子
才能追上
通向你的那朵白云

何炳阳部分作品创作年表

1985年7月，在《女子文学》（刊授月报）上发表处女诗作《寄》。

1992年诗歌《红帆船 · 白帆船》获《当代青年》“凯特杯”海内外诗人诗作优胜者奖，并在获奖专栏推出。

1992年创作的长诗《大自然的昭示》获《诗神》月刊“诗神杯”1997年全国诗赛优秀诗歌奖。

1996年9月，在《星星》诗刊上发表成名诗作、长诗《李登辉：请转告克林顿》，并获郎酒杯中国诗赛一等奖。该诗先后被《星星 · 四十年诗选》《湖北新时期文学大系》等选本收录。

1997年3月，在《太行文学》上发表长诗《水往上流》并获诗赛三等奖。

1998年，在《淮风》诗刊秋季号上发表组诗《簰州垸》，冬季号上发表长诗《地球村之十：法问》。

1998年1月，在《江夏文艺》发表长诗《精神家园》。

1999年5月，在《长江文艺》上发表长诗《劳动的光芒》。

1999年6月，在《青春诗歌》上发表诗歌《生迷死惑》。

2000 年，在《九头鸟》上发表长诗《内心的光芒》。

2002 年至 2012 年，在《长江日报·江花版》先后发表短诗《九十九座山九十九条河》《我听见我风干的热血在流》《那天，在一个地方等你》《老屋》《送你一座花园》《手持大风的人》《内心的天堂》等。

2002 年 6 月，在《长江文艺》上发表长诗《飞翔》。同年 10 月在《芳草》发表长诗《往事，飞翔》。

2003 年 1 月，在《长江文艺》诗专号上发表《鼓南鼓北（外一首）》。

2003 年 8 月，在《长江文艺》发表长诗《东方之鼓》并获“天问杯”诗歌年度奖。该诗后被《长江文艺六十年诗选》一书收录。

2003 年，在武汉出版社出版专著《东方之鼓》。

2004 年，在《江山文艺》秋季号发表长诗《东方之书》。

2005 年 10 月，在《长江文艺》发表组诗《水乡》。

2006 年 6 月，在《长江文艺》上发表《开发区日记（二首）》。

2007 年 3 月，在《武汉作家》上以“何炳阳诗选”专版推出《人在秋天》等诗作十六首。

2007 年 1 月，在《长江文艺》发表《四面八方（外二首）》。

2007年7月，在《长江文艺·情系汶川·特辑》发表诗歌《我们一起承担》。

2007年，在《厦门文艺》四期发表组诗《水乡人·水乡事》。

2008年9月，在武汉出版社出版诗集《水乡谣》。

2009年8月，在《芳草》上发表长诗《梁子颂·水乡谣》。

2009年12月，长诗《人之书：葱儿青豆腐白》初稿获武汉市举办的反腐倡廉全国诗赛一等奖，12月2日的《长江日报·江花版》节选发表了部分诗节。

2010年1月，在《长江文艺》上发表长诗《人之书：葱儿青豆腐白》并奖第三届（2009）“长江文艺完美（中国）文学奖”年度诗歌奖。

2011年1月，在《长江文艺》发表组诗《上帝的衣裳》。2011年7月在《星星》和《长江文艺》上同期发表长诗《信仰之光》。

2012年，在《芳草·潮》第一期发表组诗《梦里水乡》。

2013年，在《长江文艺·黄鹤楼专号》上发表长诗《给一颗眼泪加刑》。

（注：凡低于100行的诗为短诗，超过100行以上的诗为长诗。）